趣味叙事学

傅修延 著

Entertaining
Narratology

北京大学出版社
PEKING UNIVERSITY PRESS

图书在版编目 (CIP) 数据

趣味叙事学 / 傅修延著 . —北京：北京大学出版社，2022.2
ISBN 978-7-301-32857-6

Ⅰ . ①趣… Ⅱ . ①傅… Ⅲ . ①叙事学 Ⅳ . ① I045

中国版本图书馆 CIP 数据核字 (2022) 第 020825 号

书　　　名	趣味叙事学 QUWEI XUSHIXUE
著作责任者	傅修延　著
组 稿 编 辑	张　冰
责 任 编 辑	刘　虹
标 准 书 号	ISBN 978-7-301-32857-6
出 版 发 行	北京大学出版社
地　　　址	北京市海淀区成府路 205 号　100871
网　　　址	http://www.pup.cn　　新浪微博：@ 北京大学出版社
电 子 邮 箱	编辑部 pupwaiwen@pup.cn　　总编室 zpup@pup.cn
电　　　话	邮购部 010-62752015　发行部 010-62750672　编辑部 010-62759634
印 刷 者	河北博文科技印务有限公司
经 销 者	新华书店
	650 毫米 ×980 毫米　16 开本　20 印张　220 千字 2022 年 2 月第 1 版　2024 年 8 月第 2 次印刷
定　　　价	70.00 元

未经许可，不得以任何方式复制或抄袭本书之部分或全部内容。
版权所有，侵权必究
举报电话：010-62752024　电子邮箱：fd@pup.cn
图书如有印装质量问题，请与出版部联系，电话：010-62756370

自　序

　　叙事学是一门颇具理论难度的学科，这与其创建初衷有一定关系。顾名思义，叙事学应当帮助人们更好地理解各种叙事现象，但那些为学科打基础的经典叙事学家却宣称不做"阐释的侍女"，"叙事学的目的就是做分类和描述工作"，这不啻将自己的理论囚禁在高高的象牙塔之内。平心而论，叙事学的武库中还真有不少可用于阐释的利器，可惜的是由于某些理论过于"精深细密"，作为工具方法似乎有点沉重，要把它们搬动起来并不是那么容易。

　　叙事学领域的书籍目前已多到让人应接不暇，但在学院派的高头讲章之外，似乎还应该有一本轻松活泼的趣味性读物，它可以引导读者绕过那些理论上的巉岩巨石,于不经意间来到一个可纵览云飞的隘口。笔者在叙事学领域内跋涉三十余载,深知行路人只要听说前头有美景,往上攀登的劲头就会立马大增。事实上不管多么复杂深奥的研究,其始发必与研究者的某种好奇心有关,而好奇心引发出的兴趣一旦熊熊燃烧起来,旁人眼中再枯燥的工作在研究者那里都会变得有滋有味。

叙事即讲故事,展示讲故事活动中那些好玩有趣的侧面,意在把读者带到相关问题(有些可能还是前沿问题)的入口处——许多人就是在兴趣驱动下选定自己学术研究的志业。梁启超在东南大学的一次演讲中说"人必常常生活于趣味之中,生活才有价值",还说做学问时"你只要肯一层一层的往里面钻,我保你一定被他引到'欲罢不能'的地步",我想只要走进了学问的某个入口,再要退出来恐怕真是"欲罢不能"了。

本书设计了101个问答,一问一答的形式便于迅速切入话题,回答之后的评点用三言两语作归纳。问句在这里并不重要——其功能只在吸引眼球请君"入彀",重要的是回答中涉及的理论和观点。这101个问答分别归属在"缘起""故事""叙事传统""讲述""策略""感知""可能的世界"和"人与物"等名下,但这种分类并不绝对,许多条目从性质上说都在"两可"甚至是"多可"之间。似此读者不必拘泥于本书次序,随手翻阅甚至是从后往前读都未为不可。为便于理解,本书举述对象除脍炙人口的中外叙事经典外,也引入了一些流行的影视作品。为适应短平快的当代阅读节奏,每个条目连问带答千余字,以适应一部便携书的篇幅标准。

作为一本趣味性读物而非严格意义上的学术著作,本书许多内容虽然源自笔者此前的著述,但一些复杂的理论阐释已经删繁就简,文字表述也尽量避免佶屈聱牙。学术著作中的作者不苟言笑,个人趣味与喜好只能藏匿于字里行间,但在本书中一些有意思的东西可以大大方方显露出来,所以写作本书时笔者感到一种难得的惬意。但是必须承认,受文字篇幅限制,每个条目对相关话题的探讨都是点到为止,不可能作酣畅淋漓的发挥。趣味不能代替努力,本书充其量只能唤起读者对叙事学的好奇心,要想窥其堂奥还须下大功夫作认真仔细的进一步阅读。北京大学出版社21世纪以来集中推出了一系列叙事学方面的论著和译作,读者制定自己的阅读书目时可作参考。

目 录

一、缘起 ………………………………………………… 1
　　灵长类动物为什么经常互相梳毛？ …………… 1
　　我们的智人祖先为什么能战胜尼安德特人？ ……… 4
　　为什么有些作品读起来像是八卦？ …………… 7
　　探长为什么选择在晚餐时与凶手谈话？ ………… 10
　　"新娘"撒谎了吗？ ……………………………… 13
　　菲玻斯追上了达佛涅吗？ ……………………… 16
　　恩底弥翁为什么长眠不醒？ …………………… 19
　　侏儒瓦曼为什么只要那么一点土地？ ………… 22
　　小红帽是童话故事吗？ ………………………… 25
　　狄更斯举行过多少场诵读表演？ ……………… 28

二、故事 ………………………………………………… 31

什么人最会讲故事？ …………………………………… 31
采桑女之间的打闹造成了怎样的后果？ ……………… 34
《西游记》中的降妖故事为什么千篇一律？ ………… 37
为什么四大古代小说的主人公都有双重身份？ …… 40
唐僧师徒的遭遇为什么那么相似？ …………………… 43
为什么许多作品"虎头蛇尾"？ ……………………… 46
平如美棠的故事好在哪里？ …………………………… 49
为什么有些故事非讲不可？ …………………………… 52
沙和尚脖子上那串骷髅项链有何作用？ ……………… 55
叙事学家也有看不懂叙事作品的时候？ ……………… 58
四大传说的男主角为什么身份恰好对应"四民"？
　　…………………………………………………… 61
四大传说也有其各自对应的季节吗？ ………………… 64

三、叙事传统 …………………………………………… 67

好莱坞电影为什么多有长时间的汽车追逐镜头？
　　…………………………………………………… 67
福柯为什么将安·拉德克利夫与马克思和弗洛伊德
　　相提并论？ ……………………………………… 70
李光耀给希拉克讲了个什么故事？ …………………… 73
不懂汉语的希腊姑娘为什么能猜中汉字的意思？
　　…………………………………………………… 76
青铜器上为何多镌刻神话性动物的花纹？ …………… 79
《山海经》因何成了"小说之祖"？ ………………… 82

圣诞节是狄更斯发明的吗？ ……………………… 85
七仙女的故事何以能传到"爪哇国"？ …………… 88
屈原因何"独怀故宇"？ ………………………… 91
张翰为什么想到老家的美食便辞官还乡？ ……… 94
您喜欢《泰坦尼克号》的主人公杰克吗？ ……… 97
古代小说的结构"皆甚可议"吗？ ……………… 100
为什么古人喜欢用史家的标准来衡量小说？ …… 103
您能背出普希金的爱情诗《我爱过您》吗？ …… 106
"蟠蛇章法"和蛇有关吗？ ……………………… 109

四、讲述 …………………………………………… 112

"太史公曰"是司马迁在说话吗？ ……………… 112
说话人的口吻为什么变了？ …………………… 115
《汤姆·琼斯》中的议论因何不为人看好？ …… 118
《了不起的盖茨比》结尾谁在说话？ …………… 121
孔乙己是不是真的死了？ ……………………… 124
哈克是坏孩子吗？ ……………………………… 127
大卫是如何被茶房骗吃午餐的？ ……………… 130
秦可卿房中竟藏着"安禄山掷过伤了太真乳的木瓜"？
 …………………………………………………… 133
贾政对自己女儿说话的口气为什么那么怪异？ … 136
《拧螺丝》中的家庭女教师见鬼了吗？ ………… 139
赞比内拉是美女吗？ …………………………… 142
您大脑中有"闪光灯记忆"吗？ ………………… 145

您听过相声《关公战秦琼》吗？ ……………… 148
评书为什么姓"评"？ …………………………… 151
弹幕的意义何在？ ………………………………… 154
托尔斯泰为什么不喜欢莫泊桑？ ……………… 157
您觉得汉赋能与唐诗宋词等并列吗？ ………… 160
"9·11"恐怖袭击对美国经济产生了什么影响？ …… 163

五、策略 …………………………………………… 166
如何为您的故事开个好头？ …………………… 166
《儒林外史》的结尾是否有点 low？ ………… 169
胡适为什么改写《西游记》？ ………………… 172
电影《唐顿庄园》中的汤姆为什么移情别恋？ …… 175
杨四郎为什么用那么多"我好比"来表达心情？ … 178
《梦》的主人公为何最终选择了长眠？ ……… 181
故事中的行动一般重复几次？ ………………… 184
故事讲述人为什么对"三"情有独钟？ ……… 187
以前的故事讲述人也懂得"倒带"吗？ ……… 190
编年体与纪传体孰优孰劣？ …………………… 193
《诗经》中的《风》为什么排在《雅》《颂》前面？ … 196
朵拉和小狗吉普的关系模拟了什么？ ………… 199
叙事作品的命名有规律可循吗？ ……………… 202

六、感知 …………………………………………… 205
盖茨比的车是什么颜色？ ………………………… 205

庞德在地铁车站里看见了什么？ …… 208
穷人身上是种什么样的气味？ …… 211
小铃铛的声音为什么一再在马塞尔耳边响起？ … 214
《简·爱》的女主人公真的听见了罗切斯特的呼唤吗？
　…… 217
您被"檐水"淋湿过吗？ …… 220
缉毒犬为何狂吠不已？ …… 223
曹操为什么要杀吕伯奢全家？ …… 226
一部写吃的小说为什么会写到吃人？ …… 229
"饮食"和"男女"为什么会连在一起？ …… 232
"巴贝特之宴"价值几何？ …… 235

七、可能的世界 …… 238
中国首颗绕月卫星为何以"嫦娥"为名？ …… 238
为什么真实的西湖不如"梦中之西湖"？ …… 241
郁金香有黑色的吗？ …… 244
故事能讲多长？ …… 247
"奈何烧杀我宝玉？" …… 250
福尔摩斯真的住在伦敦贝克街221b吗？ …… 253
墙外何人长叹？ …… 256

八、人与物 …… 259
英国管家如何应对老虎进入餐厅这种事情？ …… 259
史蒂文斯与肯顿小姐的交谈有何玄机？ …… 262

刘备为什么长着一对大耳朵? ……………………… 265
描写人物时为什么会用动植物之类来做譬喻? … 268
娜塔莎长得漂亮吗? ……………………………… 271
好看的长相是"定时炸弹"吗? …………………… 274
您是讨厌还是喜欢三仙姑? ……………………… 277
的卢马"妨主"吗? ………………………………… 280
"草帽姐""大衣哥"这样的名字说明了什么? …… 283
田婴凭什么能让齐威王对自己言听计从? ……… 286
峨眉山能飞走吗? ………………………………… 289
妙玉为什么差点砸掉那只成窑茶杯? …………… 292
贾珍如何处置庄头乌进孝送来的年礼? ………… 295
《外套》主人公为什么只能叫"巴什马奇金"这个名字?
……………………………………………………… 298
镜像人物意义何在? ……………………………… 301

后记　只有无趣之人,没有无趣之学 ……………… 304

一、缘起

灵长类动物为什么经常互相梳毛?

如果您经常逛动物园,肯定会注意到一些猴子会彼此整理毛发,我一直认为这是出于卫生的需要——相互捉虱,后来读到人类学家的著作,才知道长时间的相互梳毛(grooming)代表双方愿意结成稳固的联盟。灵长类动物是人类的祖先,人类的进化策略在于抱团取暖,依靠集体的力量实现种群的存续与繁衍。然而相互靠拢既有可能获得温暖,也有可能被他人的"棱角"刺伤,群体之中的个人因此需要懂得如何与他人共处。

他们既要学会用各种形式的沟通来发展友谊,以此润滑因近距离接触而发生的摩擦,同时也要承担这种合作造成的后果——与一些人结盟往往意味着对另外一些人的排斥。

梳毛从表面看只是一种肢体接触,与叙事似乎是风马牛不相及,但人类学家罗宾·邓巴《梳毛、八卦及语言的进化》一书的标题设置,很明显是把梳毛当作八卦(gossip)的前身来对待。当代流行语中八卦即嚼舌(汉语中 gossip 的对应语还有闲言、咬耳朵等词语),这一行为中叙事成分居多,因为议论家长里短,免不了要讲述形形色色的故事,只有那些添加了想象成分的故事才能引发眉飞色舞的讲述与聚精会神的倾听。

梳毛虽非直接叙事,但和人群中那些躲在一边窃窃私语的八卦伴侣一样,梳毛搭档也在向其他成员"秀"自己小团伙的友谊,而按照亲近张三便是疏远李四的社会学原理,此种姿态同时也在宣示它们与其他成员存在情感距离,群体内的山头与小圈子遂因这类行动而变得界限分明。

八卦之中并非尽是诋毁,通过赞扬张三来贬低李四,也是人们发泄不满时惯用的手段。还有一些八卦旨在彰显群体共识或曰价值观,其作用在于维系群体内部的团结,并向认同这些观念的潜在结盟者打开欢迎之门。邓巴说讲述这类故事的目的,在于让人知道哪些人"属于自己人",以及哪些人"可以和我们同属一个群体",这就有利于"把有着共同世界观的人编织到同一个社会网络之中":

讲述一个故事,无论这个故事是叙述历史上发生的事件,或者是关于我们的祖先,或者是关于我们是谁,我们从哪里来,或者是关于生活在遥远的地方的人们,甚至可能是关于一个没有人真正经历过的灵性世界,所有这些故事,都会创造出一种群体感,是这种感觉把有着共同世界观的人编织到了同一个社会网络之中。重要的是,故事还能使我们明白,生活在旁边那条峡谷里的人们是否属于自己人,是否可以和我们同属一个群体。[1]

引文中的"是否属于自己人"和"是否可以和我们同属一个群体"等表述,显示这里的讲故事是为了"创造出群体感"。前面说到人类进化的策略在于抱团取暖,这里要补充的是,抱团还必须抱大团,因为只有足够大的群体才能给个人提供更多庇护。如果从一开始人们就不去与"生活在旁边那条峡谷里的人们"结盟,那么更大的群体如部落、民族和国家这样的组织形式便无产生的可能。

点评:梳毛是八卦的前身,八卦是叙事的起源,这一切都和人类抱团取暖的进化策略有关。

---

[1] 罗宾·邓巴:《人类的演化》,余彬译,上海:上海文艺出版社,2016年,第274页。

我们的智人祖先为什么能战胜尼安德特人?

人类之所以能在地球上所有的生灵中脱颖而出,成为莎士比亚所说的"宇宙的精华,万物的灵长",据说原因在于会讲故事。早期人类中不光有被认为是我们祖先的智人,也有体型和脑容量更大的尼安德特人,《人类简史》的作者尤瓦尔·赫拉利就相信,智人是因为更会讲故事而将尼安德特人淘汰出局:

> 如果是一对一单挑,尼安德特人应该能把智人揍扁。但如果是上百人的对立,尼安德特人就绝无获胜的可能。尼安德特人虽然能够分享关于狮子在哪的信息,却大概没办法传颂(和改写)关于部落守护灵的故事。而一旦没有这种建构虚幻故事的能力,尼安德特人就无法有效大规模合作,也就无法因应快速改变的挑战,调整社会行为。①

会讲故事意味着能用故事纽带来维系人群,把分散的个体结合成愿意相互合作的共同体——赫拉利说"两名互不认识的塞尔维亚人,只要都相信塞尔维亚的国家主体、国土、国

---

① 尤瓦尔·赫拉利:《人类简史:从动物到上帝》,林俊宏译,北京:中信出版社,2014年,第35—36页。

旗确实存在，就可能冒着生命危险拯救彼此"①。与许多具备爪牙角翅之利的动物相比，个头偏小的人类祖先在身体条件上基本没有优势，但他们能组织大规模的有效合作来克敌制胜，凭借的是讲故事建立起来的相互信赖。

作为一部旨在影响广大读者的普及性读物，《人类简史》的行文不免夹杂某种戏谑成分，但赫拉利只是人类靠讲故事起家这一观点的传播者，一些严肃的人类学研究早已得出了这样的结论。曾任牛津大学认知及演化人类学学院院长的邓巴不但发现灵长类动物的梳毛是一种重要的情感沟通手段，还指出它们彼此间的咕哝呼唤（grunt）也是一种语言，用这种声音传递的信息内涵要比沉默的梳毛丰富得多，效率也要高得多。

邓巴在《人类的演化》一书中说："讲述故事是所有宗教中的重要组成部分。"②宗教之所以具有讲故事性质，是因为单纯的教义宣讲容易陷入枯燥，只有糅入故事才能为信众喜闻乐见。邓巴还认为原始人的大脑发育与所属群体的大小呈正相关：群体大则人际关系复杂，人际关系复杂则分辨敌我友的难度增加，应对这种局面带来的压力自然会促进大脑皮层的生长。

群体扩大自然也会促进叙事能力的提高。从沟通角度说，从梳毛、咕哝到八卦属于群体变大后的一种必然，因为梳

---

① 尤瓦尔·赫拉利：《人类简史：从动物到上帝》，林俊宏译，北京：中信出版社，2014年，第29页。
② 罗宾·邓巴：《人类的演化》，余彬译，上海：上海文艺出版社，2016年，第282页。

毛属于"一对一"的肢体接触,人数多了这种接触不免顾此失彼,而八卦的飞短流长刺激着各个山头和小圈子的敏感、禁忌与好奇,容易在群体内引发不胫而走的"一对多"扩散,这种传播就像燎原烈火一样事半功倍不可阻挡。反过来看,八卦或曰形形色色的讲故事又是群体形成、维系和扩大的必要条件,即以赫拉利所说的"部落守护灵"为例,最初这可能只是某人的一句戏言,但是随着更多人的认同和对该故事的"接着讲",一个有着共同信仰的群体便宣告诞生。

点评:灵长类动物的沟通手段有一种"前叙事"性质,对人类叙事起点的探寻,应该追根溯源到这里。

为什么有些作品读起来像是八卦？

八卦在许多人看来不登大雅之堂，正人君子对其多嗤之以鼻，然而八卦实际上无所不在，与文学也早就结下了不解之缘。《诗经》中的《鄘风·墙有茨》便是对一桩宫廷秽闻——卫公子顽与父妻宣姜私通之事的含沙射影："墙有茨，不可扫也。中冓之言，不可道也。所可道也，言之丑也。"

八卦从来都是以欲说还休、欲休还说的口吻开始的，叙述者表面上说"不可道也"，实际上还是要引出人们对"所可道也"的兴趣。罗伯特·弗尔福德在《叙事的胜利》一书中说：伟大的小说家常常使用邻居们讲述丑闻的语气，"如果一本书丝毫没有沾染'丑闻的气息'，那么它很可能不是一本小说。"[1]

研究古代小说史的学者可能会认同这一观点。唐传奇中有些简直就是形诸文字的八卦，带有明显的攻击诽谤意图，只不过这种意图随着时过境迁而被淡化悬置，后世读者更多是从艺术而非政治角度消费这些作品。明人胡应麟这样评论《补江总白猿传》："《白猿传》，唐人以谤欧阳询者。询

---

[1] 罗伯特·弗尔福德：《叙事的胜利》，李磊译，南京：南京大学出版社，2020年，第4页。

状颇瘦削类猿猱,故当时无名子造言以谤之。"鲁迅《中国小说史略》为此发出感叹:"是知假小说以施诬蔑之风,其由来亦颇古矣。"① 唐朝朋党之争异常激烈,小说因此沦为政治集团相互诋毁的工具,《周秦行纪》《牛羊日历》与《上清传》等皆有构陷政敌的嫌疑。

后世小说中直接服务于党同伐异的已不多见,但许多作者在讲故事时仍不免掺杂自己的爱恨情仇,借题发挥的影射鞭挞不在少数。《红楼梦》第十三回中有对家族秽乱行为的暗示与讥刺,第七回焦大所骂的"爬灰的爬灰,养小叔子的养小叔子",以及第六十六回中柳湘莲所说的"你们东府里除了那两个石头狮子干净,只怕连猫儿狗儿都不干净",都显示作者挥笔时耳畔不时响起少年时代与闻的一些闲言碎语。

八卦固然有其庸俗无聊的一面,其正面作用却也不容小觑。赫拉利说嚼舌者的爆料是弱者的一种自我保护:"这些嚼舌根的人,所掌握的正是最早的第四权力,就像是记者总在向社会爆料,从而保护大众免遭欺诈和占便宜。"② 八卦能戴上"最早的第四种权力"的桂冠,主要是因为它能发挥某种程度上的舆论监督作用:即便是现代社会也有许多难以触及的角落处在媒体的监督之外,这就是我们永远需要有八卦的原因所在。

---

① 鲁迅:《中国小说史略》,载《鲁迅全集》(第九卷),北京:人民文学出版社,1981年,第71页。
② 尤瓦尔·赫拉利:《人类简史:从动物到上帝》,林俊宏译,北京:中信出版社,2014年,第25页。

英国人给人印象是性格比较拘谨，但他们对八卦新闻却怀有最大的热情，这或许是因为他们觉得"第四权力"的舆论监督作用不可或缺，即便有些报道在抖搂丑闻时不免过火或失实，仍能让涉事官员、贵族及名人等有所忌惮。

《哈姆莱特》第二幕第二场的一段对话，对今天的西方政治来说仍有其现实针对性——剧中波洛涅斯问哈姆莱特"您在读些什么"，哈姆莱特回答说"都是些空话，空话，空话"，波洛涅斯接着追问"您读的书里讲到些什么事"，哈姆莱特回答说"一派诽谤"。①

点评：哈姆莱特这一回答告诉我们，莎士比亚对叙事的本源和本质早有深刻的洞察。

---

① 莎士比亚：《哈姆莱特》，朱生豪译，吴兴华校，北京：人民文学出版社，1977年，第47页。

探长为什么选择在晚餐时与凶手谈话?

王小波曾用"完美"一词形容迪伦马特的小说《法官和他的刽子手》,小说结尾写生病的贝尔拉赫探长在餐厅烛光下对凶手施加心理压力:

> 墙上映出有他本人二倍大的他躯体的凶猛黑影的轮廓,胳臂的有力动作,垂下的脑袋,恰似一个狂欢的黑人酋长在跳舞。钱茨(按,即凶手)惊愕万分地瞧着病入膏肓者这幕令人恐怖的表演。[①]

凶手被眼前这一幕唬得魂不附体,听完探长讲述的故事后,他出门驾车撞向火车,以这种方式结束了自己的生命。

探长把自己与凶手的谈话放在晚上,从时间上说是做出了正确选择。擅长于讲故事并对此有深入思考的福斯特,在其名作《小说面面观》中描绘了一幅远古人类的夜话图:

> 故事在远古时代就已经出现,可以追溯到新石器时代,以至旧石器时代。从当时尼安得塔尔人的头骨形状,便可判断他已听讲故事了。当时的听众是一群围着篝火在听得入神、连打呵欠的原始人。这些被大毛象或

[①] 弗·迪伦马特:《迪伦马特小说集》,张佩芳译,上海:上海译文出版社,1985年,第130页。

犀牛弄得精疲力竭的人,只有故事的悬宕才能使他们不致入睡。因为讲故事者老在用深沉的声调提出:以后又发生了什么事呢?①

现在的小朋友要听睡前故事,这种习惯或许伏源于人类祖先在篝火旁昏昏欲睡的听故事经历。夜幕笼罩下的旷野危机四伏,植入基因的黑夜恐惧使人们更愿意从充满敌意的现实世界中暂时抽身,与别人一道通入故事中充满魅力的可能世界。

对前人来说,讲故事活动之所以不宜在白天进行,除了这段时间需要劳作之外,还因为阳光照耀下的真实世界时刻都在显示自己的"在场",这种"在场"对听众进入故事中的虚构世界形成了严重的干扰。而夜幕低垂之时,周围的一切都已消隐远去,剩下的只有黑乎乎的影子与讲故事的声音,这时候人们会觉得自己所在的群体就是整个和唯一的世界,那个声音将自己和他人联接成一个整体,这个整体就是自己需要紧紧"抱"住的主要对象。

除了黑暗之外,对讲故事活动有帮助的还有火光,许多人相信火光的跳跃可以激发故事讲述人的想象力。现代人已经习惯了灯火璀璨的夜晚,即便如此人们在晚上看起来也会和白天有所不同,而在除了篝火之外没有其他光源的情况下,人的外貌和肢体会因火光的映照和跳跃发生更大幅度的变形,甚至连身边司空见惯的景物也会变得怪异和陌生。迪

---

① 爱·摩·福斯特:《小说面面观》,苏炳文译,广州:花城出版社,1984年,第23页。

伦马特故事中的探长就是利用这一点,让凶手心中产生极大的恐怖。

　　环境改变思维,既然周遭事物都已偏离了常态,故事讲述人的想象自然也可天马行空、不拘一格。火在燃烧时会产生火苗、火舌和火焰,其摇曳多姿、变幻莫测的形状使人浮想联翩,所以过去会有《剪灯新话》《围炉夜话》这样的读物。安徒生《卖火柴的小女孩》中,小女孩一连五次擦燃火柴,火光中呈现的幻像每次都有所不同,最后她把手中的火柴全都点着,由此产生了在奶奶怀中飞往天国的死前幻觉。

点评:黑暗使人们相互靠拢,火光激发讲故事人的想象。今天我们调暗灯光给孩子们讲睡前故事,也是在重演多少年前的情景。

"新娘"撒谎了吗？

20世纪初，一位罗马尼亚的民俗学者在民间听到了一则动人的故事，说的是一个小伙子在结婚前几天被吃醋的山林仙女推下悬崖，尸体被牧羊人找到带回村子，未过门的新娘唱着哀伤的挽歌在村口迎接他们。民俗学者找到那个村子开展调查，发现故事的后面有件真事，它发生在不算太久的40年前，更有意思的是当年的"新娘"还活在人世。"新娘"对前来采访的民俗学者说，根本就没有什么山林仙女，她那冤家是因不慎从砍柴的山坡上坠落，几位邻居听到呼救声后把重伤的他运回村子，过了好几天他才死在亲人的怀抱中。民俗学者把采访得来的第一手资料告诉村民，可他们都不大能接受这一事实，甚至有人说那"新娘"是因悲伤过度而忘记了当年之事。[1]

故事中民俗学者刨根问底得到的真相，在传播效率上肯定比不过村民津津有味的讲述。普通民众不同于必须尊重事实的新闻记者，他们在讲述时会加入想象与虚构的成分，故事在口口相传过程中会变得越来越有趣。

---

[1] Thomas G. Pavel. *Fictional Worlds*, Cambridge, Massachusetts: Harvard University Press, 1989, p.77.

为什么会这样呢？我们不妨回到叙事之初，想象一下远古岩洞之中人们围着篝火听故事的场景。那时的故事讲述人不会有什么特别的考虑或顾忌，他们只知道自己的任务是帮助大家打发漫漫长夜，使其忘记浑身的疲劳与洞外的狼嗥。从听众那里领来任务的同时也获得了权利，这就是处理事件的自由。

在想象力还未充分发展起来的时候，他们讲述的事件只可能是真实世界的一部分，在场的人知道这些事件，甚至可能参加过这些事件。正因为如此，故事讲述人就更有必要在事件取舍上做文章：为了防止听众腻味，他们需要删去一些没有意思的事件，为了让听众感到新鲜，他们不得不补充一些生动具体的细节。故事讲述人可能见过、听说过这些细节，但也可能是根据情理推断出这些细节。

所谓虚构的成分，就是在这种情况下羼入事件中，听众只要觉得听起来像那么回事，也会挺乐意地默许这种虚构行为。久而久之，故事讲述人又不会满足仅仅是细节方面的虚构，他们会一步一步地扩大自己的权利，直到主要事件也可以虚构。听众到后来已不可能阻止这种对当初授予权利的"滥用"，相反，他们认可故事讲述人这种虚构的权利，因为他们自身日益膨胀的对新鲜故事的消费欲望，促成了这种认可。

冯梦龙在《灌园叟晚逢仙女》中说："那九州四海之中，目所未见，耳所未闻，不载史册，不见经传，奇奇怪怪、跷跷蹊蹊的事，不知有多多少少。就是张华的《博物志》，也不过志其一二；虞世南的行书厨，也包藏不得许多。"这段话道出了古往今来听众的贪新好奇之心。当然，有趣不应该是一味追新逐奇、耸人听闻，但讲故事的人必须懂得"俗皆好奇"这一大众心理。

点评：言而无味，行之不远。叙事必须有趣，或者说至少要让人听得下去，这话说来简单，却是从古至今颠扑不破的真理。

菲玻斯追上了达佛涅吗?

奥维德《变形记》记载了这样一个神话故事:太阳神菲玻斯被丘比特之箭射中后,对达佛涅产生了不可抑制的爱恋之情,达佛涅对菲玻斯避之犹恐不及,在被其追上前央求神明将自己变形,结果菲玻斯拥入怀中的只是一棵月桂树。

但是恩斯特·卡西尔在《语言与神话》一书中说,这则神话其实描写的是一种自然现象:

> 谁是达佛涅?要想回答这个问题,我们必须求助词源学,也就是说,我们必须研究这个词的历史。"达佛涅"(Daphne)一词的词根可以追溯到梵文中的 Ahanâ 一词,这个词在梵文中的意思是"黎明时分的红色曙光",一当我们了解了这一点,整个问题也就一目了然了。菲玻斯和达佛涅的故事无非是描叙了人们每天都可以观察到的现象罢了:晨曦出现在东方的天际,太阳神继而升起,追赶他的新娘,随着炽烈的阳光的爱抚,红色的曙光渐渐逝去,最后死在或消逝在大地之母的胸怀之中。①

这也就是说,这则被后人反复传颂并且被画家、雕塑家屡屡

---

① 恩斯特·卡西尔:《语言与神话》,于晓等译,北京:生活·读书·新知三联书店,1988年,第32页。

作为题材的美丽故事,不过是旭日在绚烂朝霞中冉冉升起的后世演绎。

那么这种演绎又是如何发生的呢?麦克斯·缪勒在《宗教的起源与发展》一书中有过解释:"对我们来说是诗的东西,对他们(按指初民)则是散文。那些在我们看来似乎是幻想的意象,往往是由于人们不能把握周围世界和不能给它命名引起的,而非由于它想使其听众吃惊或感到愉悦。"①

缪勒对初民"命名困惑"的生动概括——"似诗而非诗",涉及叙事起源这个极为重要的问题。蒙昧人没有时间做诗,他们是因为无法命名才将反映人类活动的词语用于太阳。在其浑浑噩噩的思维中,太阳及其运行还未来得及与人类活动发生关联。缪勒说古代雅利安人听到狮吼便会想到狮子,据此逻辑,他们听到雷声后也会觉得是什么东西在发出吼叫,于是便想出了吼叫者或雷公(路陀罗)这样的名字:

> 路陀罗或吼叫者这类名字一旦被创造之后,人们就把雷说成挥舞霹雳、手执弓箭、罚恶扬善,驱黑暗带来光明,驱暑热带来振奋,令人去病康复。如同在第一片嫩叶张开之后,无论这棵树长得多么迅速,都不会使人惊讶不已了。②

从叙事角度说,自然界的某种迹象导致了人类的某种联

---

① 麦克斯·缪勒:《宗教的起源与发展》,金泽译,上海:上海人民出版社,1989年,第192页。
② 同上书,第146页。

想和命名活动,而名字引起的后续联想又使得名字的主人成为箭垛式的行动主体,被赋予与名字相关的诸多行动——如雷公之名很容易引起"挥舞霹雳、手执弓箭"等联想。行动造成事件,事件是故事的细胞,因此行动的增多意味着故事的发育,初民的口头叙事就是如此不断积累,故事之树上的新枝嫩叶就是这样生生不已。缪勒和卡西尔当然不是叙事学家,他们的论述却有助于我们认识叙事是怎样起源和发展的。

点评:地球上一切生命活动都仰仗于太阳升起,对于最早的故事讲述人来说,没有比阳光照耀大地更为重要的事件了。

恩底弥翁为什么长眠不醒？

就像菲玻斯对达佛涅的追逐一样，恩底弥翁在拉特摩斯山上酣睡一开始也不是神话。济慈有首长诗讲述了这个故事，他在给妹妹范妮的信中，承认自己深深着迷于这个"从往昔的美丽希腊传下来的美丽故事"：

> 很多很多年以前，有一个年轻英俊的牧羊人，他在一座叫做拉特摩斯山的山腰里放羊——他孤独地住在森林与草原中间，喜欢沉思与冥想，但丝毫也未想到——像月神这样美貌的佳人竟然会疯狂地爱上了他——不管怎样说，事情就是这样；当他躺在草地上睡着了的时候，她常常会从天上下到他身旁，热烈而又长时间地欣赏他的容颜。[1]

然而缪勒在《宗教的起源与发展》一书中大煞风景地指出，恩底弥翁（Endymion）之名源于古希腊方言中"专指日落的术语"，拉特摩斯（Latmos）的意思为"夜"，因此恩底弥翁在拉特摩斯山酣睡指的是太阳落山。缪勒揭去了这则神话的美丽面纱，指出它一开始只是指代日落月升的日常话语，后

---

[1] 约翰·济慈：《一八一七年九月十日致范妮·济慈》，载《济慈书信集》，傅修延译，北京：东方出版社，2002年，第25页。

来在长时间的口口相传中失落原形,最后变为一则神人相恋的动人故事:

> 在古代流行于爱利斯一带的诗歌和格言中,人们说"赛勒涅热恋并注视着恩底弥翁",而不说"月亮在晚上升起";人们说"赛勒涅拥抱着恩底弥翁",而不说"日落月升";人们说"赛勒涅亲吻着进入梦乡的恩底弥翁",而不说"现在是夜晚"。这些表达方式在其意义已不再为人们理解之后还保留了很久;由于人类思维对于原因的思虑和对于原因的发明,是同样迫切的,所以不需要什么个人努力,而是靠一致赞许,便产生这样一个故事:恩底弥翁必定是个曾被少女赛勒涅热恋的青年美男子。[①]

缪斯的解释具有很强的说服力:后世那些酷爱讲故事的人为了解释月神赛勒涅为何爱恋恩底弥翁,会很自然地让安息的落日变形为沉睡中的牧羊美少年,而这正符合神话听众的审美期待。

缪勒的提醒让我们窥见叙事萌芽的具体过程。初民是因为拙于表达才使用了后世称为拟人化的手法,但他们最初并没有把太阳、月亮看成和自己一样有胳膊有腿的人。就叙事的演进而言,语言表述所起的作用不容小觑。在抽象思维不发达的时代,人们习惯用形象的语言来表达思想,而这种表达在很多情况下又会采用叙事的方式。即便到了今天,这

---

① 麦克斯·缪勒:《比较神话学》,金泽译,上海:上海文艺出版社,1989年,第85页。

种习惯似乎也未有多大改变,例如现代人都知道昼夜交替是由地球自转引起,但为了方便仍说太阳东升西落。

缪勒将这一习惯形容为"传说有个语言的朋友":"在我们的谈话里是东方破晓,朝阳升起,而古代的诗人却只能这样想和这样说:太阳爱着黎明,拥抱着黎明。在我们看来是日落,而在古人看来却是太阳老了、衰竭或死了。在我们眼前太阳升起是一种现象,但在他们眼里这却是黑夜生了一个光辉明亮的孩子。"[1]就是这种"似诗而非诗"的表达方式,提供了后人眼中具有诗意的事件骨架,使他们乐意在其上添枝加叶,太阳神话的诗性羽翼应当就是这样逐渐丰满起来的。

点评:维柯在《新科学》中称富于想象的原始人为"诗人",这有点像我们把儿童的呢喃当成音乐,并不表明我们承认这种呢喃本身就是诗或艺术。

---

[1] 麦克斯·缪勒:《比较神话学》,金泽译,上海:上海文艺出版社,1989年,第68页。

侏儒瓦曼为什么只要那么一点土地？

菲玻斯追逐达佛涅对应日出，恩底弥翁在拉特摩斯山酣睡对应日落，那么是否还有与日上中天相对应的神话？有，其中之一就是瓦曼向国王要土地的古印度故事：侏儒瓦曼为了报复国王巴里对自己的鄙视，请求国王赏赐给他相当于侏儒三步之距的土地。获得同意之后，瓦曼立刻显现出毗湿奴的巨大身形，他第一步迈过大地，第二步穿越大气，第三步升上天空，在这个过程之中他将国王赶入了地狱，并在云端之上开始了自己的统治。

这个"三步走"的过程被爱德华·泰勒看成是对太阳升上天空的模仿，他在《人类学——人及其文化研究》中说：

> 这大概就是关于太阳的神话，它作为一个小圆球在地平线上升起，然后扩展它的威力，达到全宇宙。因为瓦曼"侏儒"是毗湿奴的化身之一，而毗湿奴最初就是太阳。①

需要说明，毗湿奴只是太阳的诸多名号之一，不同位置、不同情况下的太阳在古代雅利安人那里有不同的称呼，它们

---

① 爱德华·泰勒：《人类学——人及其文化研究》，连树声译，桂林：广西师范大学出版社，2004年，第373页。

还拥有相应的修饰语,而这些修饰语又会产生出新的形象。如果说行动的增多使故事像滚雪球那样越滚越大,那么行动主体的增多则会使故事发生"分蘖"——单个故事摇身一变成为多个故事。

初民的叙事冲动之所以总是被头顶的太阳激发,原因应该很简单:划过天空的太阳是映入人类眼帘的宏伟景观,他们在阳光照耀下醒来,会很自然地把自己恢复活力归功于东方的光辉,并对太阳的升起发出由衷的赞美。当初民在朦胧的意识中把东西两个方向与"明/暗""暖/冷""生/死"等概念联系起来,用人称来称呼太阳并像太阳那样作息,他们也就开始了对太阳故事的讲述。

荣格和泰勒分别从不同角度阐释过初民讲述太阳故事的动机。

荣格在《集体无意识的原型》一文中指出,他们并不在意寻求对日出日落的客观解释,"他的无意识心理有一股不可抑制的渴望,要把所有外在感觉经验同化为内在的心理事件。对原始人来讲,只见到日出和日落是不够的,这种外界的观察必须同时也是一种心理活动,就是说太阳运行的过程应当代表一位神或英雄的命运"。[①]

泰勒则说原始人和今人一样希望解释整个世界,"他们的解释变成带有人名和地名的故事形式,于是也就变成了完

---

① 荣格:《集体无意识的原型》,载荣格:《心理学与文学》,冯川、苏克译,北京:生活·读书·新知三联书店,1987年,第54页。

整的神话"。至于为什么他们的解释采用了拟人化的叙事形式,那是因为"对于原始哲学来说,它周围世界的现象,最好是由它里面所假设的、跟人的生活相似的自然生活和跟人类灵魂相似的自然神灵来解释,这样一来,太阳对原始哲学来说,就好像成了作为君主的个人,早晨它威风凛凛地在天空升起,夜晚就疲劳而忧伤地降落到地下世界"。①

不过,这并不意味着万物有灵观的后世信奉者也能讲述出同样的神话来,因为后来人已经丧失了初民那种儿童般的好奇心与天真无邪的想象力。

点评:东升的太阳"威风凛凛",西落的太阳"疲劳而忧伤",泰勒所说的"原始哲学"也可以代表原始的叙事学。

---

① 爱德华·泰勒:《人类学——人及其文化研究》,连树声译,桂林:广西师范大学出版社,2004年,第364—368页。

小红帽是童话故事吗?

读者也许会对这个问题感到疑惑:小红帽的故事不是童话又是什么呢?这里要请大家注意故事的结尾:狼把小红帽吞下之后鼾声大作,闻声而来的猎人剪开狼腹,小姑娘立即安然无恙地从里面跳出来。有的版本中,小姑娘出来时还俏皮地喊了一声:"狼肚子里好黑啊!"

按照爱德华·泰勒在《人类学——人及其文化研究》一书中的意见,小红帽这段经历对应的是红日西沉又从地下返回东方的艰难历程——"英国的这个古代神话的异文,是关于小红帽的儿童故事":

> 日每天都被夜吞噬掉,后来又在黎明时获得解放……伟大自然戏剧中的这些场面——光明和黑暗之间的冲突,一般地说,提供了一些简单的事实。在许多国家,多少世代以来,这些事实采取神话的方式而成为关于"英雄"或"少女"的传奇:他们被恶魔吞掉,后来又被它吐出,或从它的腹中被解救出来。①

与反映太阳白天运行的神话相比,夜太阳的运行被原始

---

① 爱德华·泰勒:《原始文化——神话、哲学、宗教、语言、艺术和习俗发展之研究》,连树声译,桂林:广西师范大学出版社,2005年,第273页。

人赋予更强的冲突性。太阳从东到西是一种容易理解的"顺势"行动,因为它与生命的荣枯过程异质而同构。讲述白天太阳的故事时,原始人不需要花费多大脑筋,即便是遇到乌云蔽日或转瞬即逝的日食,也可以用人生中常有的磨难来作类比。太阳从西到东则是一种较为复杂的"逆势"行动,夜太阳如何穿过重重黑暗,最终在东方跃然而出,需要故事讲述者绞尽脑汁去想象解释和自圆其说。对于叙事思维的发育来说,这无疑是一种极好的锻炼。

故事的魅力和戏剧性来自冲突,即一方的行动受到另一方的阻遏。太阳在白天的运行基本上没有遇到任何实质性的抵抗,它的向西坠落和热力减退都是内因所致,就像人的衰老一样与外力无关。然而在对夜太阳运行的叙述中,我们看到了种种魔怪和障碍借着夜幕的掩护悄然登场,要突破它们的阻遏并非易事。

所以在一些民族的神话中,初升的太阳总是伤痕累累,澳大利亚和墨西哥人的太阳神甚至是跛子。萧兵在《楚辞与神话》中这样描述:"赖神的太阳船在玄冥幽暗的地下世界行驶要经过许多危难,死亡的神和人的灵魂都竭力要登上这太阳之舟,驱除魔怪,战胜艰险,穿破黑暗,飞向光明。"[①]

综上所述,太阳被黑暗吞噬和吐出的自然现象,激发了英雄或少女从恶魔体内脱险的人间想象,"自然戏剧"就是这样孕育了人和恶魔冲突的神话,神话又随着时间的推移变形

---

① 萧兵:《楚辞与神话》,南京:江苏古籍出版社,1987年,第21—22页。

为更具艺术意味的传奇。人类学家在世界各地的民间文学中,发现了大量由魔兽体内穿腹而出的故事,由于世世代代传播这类故事,夜太阳的经历成了各民族文学的重要原型。

原型批评创始人诺思罗普·弗莱用太阳神话解释过许多现代小说,一些人觉得他的做法有些牵强,不过笔者同意其《批评的解剖》中的一段话,"在许多关于太阳的神话中,英雄从夕阳西沉到旭日东升这段时间里,危险地穿越一个到处布满怪兽的迷宫般的冥界。这一主题可以构成具有任何复杂情节的虚构作品的结构原理"。[①] 用"结构原理"来形容太阳神话对后世叙事思维的渗透,这种提法还是比较有分寸的。

点评: 一帆风顺的行动缺乏吸引力,没有对夜太阳艰难历程的想象,便没有初民口中那些带有强烈冲突性的故事。

[①] 诺思罗普·弗莱:《批评的解剖》,陈慧等译,天津:百花文艺出版社,2006年,第274页。

狄更斯举行过多少场诵读表演?

作者当众诵读自己的作品不算稀奇,但可能没有人比狄更斯诵读得更多。一般人可能不知道,他光是在美国就举办过76场诵读表演,在英国本土的巡回演出就更不计其数,有时主办方甚至要出动警察来维持剧场的秩序。他在伦敦诵读《雾都孤儿》的一个恐怖片断时,台下打扮得花枝招展的女士们一个个面如土色,瑟瑟发抖。次日,一位老朋友告诉他昨晚的朗诵是一桩"极其动人而又极其可怕的事",他说自己在听的时候常常难以自持,如果当场有人尖叫起来,他也会不由自主地跟着喊叫。[1]

一位才华盖世享有国际声誉的作家,为什么会把自己宝贵的人生时光用于面向公众的诵读,这是一个困惑过许多文学史家的问题。有人说这是因为狄更斯已经意识到自己的创作在走下坡路,为避免粗制滥造才将自己的精力投向不那么耗费脑力的诵读表演,何况这样做还能得到不菲的收入。然而事实是狄更斯在诵读活动进行得如火如荼之时,仍然写出了《远大前程》和《我们共同的朋友》这两部高质量的长篇,前者还被学界视为其代表作,因此江郎才尽之说不大站得

---

[1] 张玲:《英国伟大的小说家——狄更斯》,北京:北京出版社,1983年,第151页。

住脚。

笔者个人的看法是,狄更斯遇上了一个印刷业和报刊业蓬勃兴起的时代,其初试啼声之作《匹克威克外传》便是在期刊上配图连载,这种诉诸文字的大众传播为他带来了巨大的声誉,也为其后一系列小说的出版铺平了道路;然而作为史无前例的完全靠鬻文为生的故事讲述人,他还是希望通过自己的口头讲述来传播作品的声音形态。人类对故事的消费从"听"开始,即便是今天还有许多人觉得"读"故事不如"听"故事来得过瘾,如果说小说在作者心目中有文字和声音两种版本,那么作者本人的表演就是传播小说的"声音版"——这在狄更斯心中或许还是"正版"甚至是"原版",要不然无法解释他后来明知这种表演有损健康仍乐此不疲。

除了让读者亲耳听到自己原汁原味的讲述之外,狄更斯当众诵读还有直接获得听众反馈的动机。使用"声音版"这一表述并非空穴来风,狄更斯会为诵读表演专门编辑"诵读书"(即作品的副本),"诵读书"的页边有他做的种种声音记号,提醒表演时应该使用何种语气以及作何种强调。更重要的是,他像许多喜欢诵读的作者一样会根据听众的反应来修改文字。这让我们想起汉语中"老妪能解"这一成语的来历——据说白居易写诗总是问老妪是否能解,如果能解就把诗记下来,不解则重新再写。

英国小说家塞缪尔·巴特勒把诵读的好处说得非常清楚——读给自己听不如读给别人听,只有借助别人的耳朵才能察觉问题所在:"我总是很想将自己所写的东西朗读给某个人听,而且常常也是这么做;几乎任何人都可以,但他不得聪明到让我害怕。在我自己以为——念给自己听时——是没问题的段落,一经朗读出来,我便会立刻察觉到弱点。"①

点评:韦勒克在《文学理论》(与沃伦合著)中说"每一件文学作品首先是一个声音的系列,从这个声音的系列再生出意义",②请您注意他使用的"首先"一词。

---

① 阿尔维托·曼古埃尔:《阅读史》,吴昌杰译,北京:商务印书馆,2002年,第315页。
② 雷·韦勒克、奥·沃伦:《文学理论》,刘象愚、邢培明、陈圣生、李哲明译,北京:生活·读书·新知三联书店,1984年,第166页。

二、故事

什么人最会讲故事？

在一般人看来，最会讲故事的人可能是过去的说书人和现在的小说家——可能还要加上当下的影视剧编导，小说家莫言出席诺贝尔文学奖的颁奖仪式，演讲题目便是《讲故事的人》(*story teller*)。

这一看法现在遭遇了挑战。彼得·布鲁克斯在《法内叙事和法叙事》一文中说，法律要保证被告能够毫无恐惧地讲出他的故事，控辩双方的律师必须提供一系列证据来否定或证明他的故事，法官的工作则是维持讲述时的秩序，并在必要时决定故事的某一部分是否可以被听取。① 如此看来,在采用陪审团制度的地方,被告是锒铛入狱还是当庭释放,取决于陪审团是否相信那些口若悬河的律师。

然而,还未等到我告诉自己律师是世界上最会讲故事的人,我又读到亨利·克罗斯的《故事与心理治疗》一书,书中提到心理医生如何用一个个故事治好各种心理疾病,其中包括让有自杀倾向者恢复乐观与信心,以及帮助罹患不治之症者平静地走完生命中的最后一程。人生的问题莫大于生和死,能用故事助人度过生死这道大关,这样的医生比起律师来似乎又高出一筹。

如此看来强中更有强中手——各行各业中都会涌现出一批讲故事的高手,我们很难把他们分出高下。现在我们面临了一个真正需要回答的问题:为什么许多学科最近都打出了"叙事"或"叙事学"这类旗号?

《叙事》(Narrative)杂志主编詹姆斯·费伦在说到叙事学的跨学科趋势时,使用了"叙事帝国主义"(narrative imperialism)这一令人惊讶的表述。他的意思是许多学科由于本身带有叙事性质,或者说具备可以"叙事化"的条件,它们或迟或早都会采用或借鉴叙事手段。叙事是人们理解外部世界和表达自身体验的一种基本方式——有人甚至认为是最好方式,用时间线索与因果逻辑串联起一系列片断事件,意义便被注入于所讲述的故事之中。

---

① 彼得·布鲁克斯:《法内叙事与法叙事》,陈永国译,载詹姆斯·费伦、彼得·J.拉比诺维茨主编:《当代叙事理论指南》,北京:北京大学出版社,2007年,第456页。

正是因为这个原因，律师、医生、心理学家、社会学家和教育学家等纷纷祭起了叙事这一法宝，因为用鲜活的故事来说明问题，比起冰冷的理论和枯燥的数字来更为受人欢迎。这些做法的一个共同点，在于展示叙事不是文学的专利，讲故事非作家编导所能专美，最精彩的叙事可能不在文学领域，最懂得讲故事奥秘的甚至可能不是叙事学家。

此说可能会让人觉得难以置信，因此需要再补充点事实。叙事学家常以国王和王后先后死亡为例，来说明两个事件间可能存在某种因果联系，但布鲁克斯文章中提到的"老酋长对美利坚案"，让我们深化了对事件间因果关系的认识。被起诉的老酋长犯有前科，在对其新罪行作审判时，美国最高法院推翻了下级法院的判决，认为"需要讲述前科犯罪故事的主张是没有根据的，因为那是另一个故事"，"完全在被告被控所犯现行罪行的自然序列之外"。有意思的是，最高法院的这个决定中充满了叙事学的词汇与术语，布鲁克斯因此说起草这份文件的最高法院首席大法官戴维·苏特"仿佛一直在读文学叙事学"。[①]

点评："叙事帝国主义"指叙事学的跨学科趋势。帝国主义不是好词，叙事学并没有强大到能指导其他一切学科，反倒是其他学科可以反哺叙事学。

---

① 彼得·布鲁克斯：《法内叙事与法叙事》，陈永国译，载詹姆斯·费伦、彼得·J.拉比诺维茨主编：《当代叙事理论指南》，北京：北京大学出版社，2007年，第487页。

采桑女之间的打闹造成了怎样的后果？

《吕氏春秋》叙述了吴楚边境上采桑女之间的一次打闹，这件事最初像蝴蝶翅膀搅动空气一样微不足道，其引发的"蝴蝶效应"却让吴楚两国之间爆发了大规模的鸡父之战，楚国在这次战争中可谓赔了夫人又折兵：

> 楚之边邑曰卑梁，其处女与吴之边邑处女桑于境上，戏而伤卑梁之处女。卑梁人操其伤子以让吴人，吴人应之不恭，怒，杀而去之。吴人往报之，尽屠其家。卑梁公怒，曰："吴人焉敢攻吾邑？"举兵反攻之，老弱尽杀之矣。吴王夷昧闻之，怒，使人举兵侵楚之边邑，克夷而后去之。吴楚以此大隆。吴公子光又率师与楚人战于鸡父，大败楚人，获其帅潘子臣、小帷子、陈夏啮，又反伐郢，得荆平王之夫人以归，实为鸡父之战。

无独有偶，西方也有一首性质相近的民谣。在这首民谣中，战马的蹄铁因少了一根钉子而脱落，蹄铁脱落导致马失前蹄，骑士坠马后战事归于失败，国家也因此遭受了灭亡：

> 钉子缺，蹄铁卸；
> 蹄铁卸，战马蹶；

> 战马蹶,骑士绝;
>
> 骑士绝,战事折;
>
> 战事折,国家灭。①

以上两个故事,说的都是微小事件可以带来严重后果。大风起于青蘋之末,行动的不断升级使得事件变得越来越糟糕复杂,结果采桑女之间的打闹引来两个大国之间你死我活的战争,一根钉子的缺失导致整个国家跟着灭亡。《吕氏春秋》将"卑梁处女"等一系列同类故事置于"先识"之下的"察微"类,意在表明初始阶段的些微失序不可不察,否则事件链条的终端势必出现无法承受的灾难。叙述者在讲完故事之后发出这样的警告:"凡持国,太上知始,其次知终,其次知中。三者不能,国必危,身必穷。"

西方人发明的"蝴蝶效应"一词如今广为人知,但许多国人不知道的是,我们的祖先早在先秦时代就已经在用故事说明这种效应。中国传统智慧的一大表征是见微知著,古人常说的履霜坚冰至,一叶落而知秋,以及月晕而风,础润而雨等,都是主张"察微"于蛛丝马迹和细枝末节。能"察微"者必定会居安思危,在处世行事中战战兢兢,保持一种如临深渊如履薄冰的态度。不过在迹象明显时他们又会采取果断行动,这就是《易经》中所说的"君子见机而作,不俟终日"。

---

① 詹姆斯·格莱克:《混沌:开创新科学》,张淑誉译,上海:上海译文出版社,1990年,第24—25页。控制论创始人维纳在其著作(麻省理工学院1981年出版的《维纳全集》第3卷第321页)中引用了这首民谣,用以说明事件发展"对初始条件的敏感依赖性"。

《吕氏春秋》收录寓言故事283则,"察微"只是这部大书名目繁多的类别之一,其分类标准建立在具有普泛性的自然规律与社会事理之上,覆盖了政治思想、道德操守与人生经验诸多方面。这些分类名目与内文标题无形中组合成一份详明的查询索引,读者可以根据它们迅速找到自己需要的内容与故事。

像《吕氏春秋》这样的故事库或曰智慧海,可以说是中国叙事史上一道骄人的风景,几千年之后的我们仍觉得需要从中汲取教益。

点评:叙事研究者亦应有"察微"意识,把故事分解成一系列事件与行动,观察其中的因果逻辑链条,有助于深入了解故事中"蝴蝶效应"的形成机制。

《西游记》中的降妖故事为什么千篇一律？

《西游记》的重心在"西游"，西行取经的每个小故事，基本上都按"遇妖""冲突""搬救兵"和"降妖"这样的程式进行：

1. 第十七回中，孙悟空护唐僧西行，遇黑熊精，请观音菩萨帮助，降服黑熊精后继续西行。

2. 第二十一回中，孙悟空等护唐僧西行，遇黄风怪，请灵吉菩萨帮助，擒获黄风怪后继续西行。

3. 第二十六回中，孙悟空等护唐僧西行，遇镇元大仙，请观音菩萨帮助，救活镇元大仙的人参果树后继续西行。

4. 第三十一回中，猪八戒等护唐僧西行，遇黄袍怪，八戒赴花果山请回悟空，战胜黄袍怪后继续西行。

这四个小故事的共同点在于：都有一个主要发力的"英雄"，其行动指向一个恒定目的（西天取经）；又都有一个"对手"，其行动是阻止"英雄"达到目的；还都有一个"帮助者"，其行动是为"英雄"的行动提供助力。"英雄"和"对手"的行动必然"冲突"，由于"帮助者"的干预，"冲突"的结果自然是"英雄"一方取得"胜利"。这些被行动决定性质的东西叫做"功能"，取经阶段的每个小故事，都可用"英雄→对手→冲突→帮助者→胜利"这样的"功能"序列来描述。

弗拉基米尔·普罗普在《故事形态学》中,以俄罗斯民间的神奇故事为例总结出有关"功能"的四条规律。第一,"功能"是故事中不变的常数,不管它们的执行者是谁(换用《西游记》中的例子:镇元大仙不是妖怪,但在第三个小故事中扮演了阻遏唐僧师徒西行的"对手"角色;孙悟空在第四个小故事中被唐僧赶走,后被猪八戒请回,因此这一回中他的作用不是"英雄"而是"帮助者")。第二,按照行动的性质,纷纭复杂的海量行动可以归纳为数量有限的"功能"。第三,功能不一定要全数出现,但出现时必须是在序列的特定位置(如"帮助者"可以缺席,但若出现必在"冲突"与"胜利"之间)。第四,所有的故事都只有一种结构形态(俄罗斯神奇故事和唐僧师徒西行取经的故事符合这一定义)。[①]

普罗普不是叙事学家,但他提取"功能"的方法对后来兴起的叙事学提供了巨大启示。这种方法能使研究对象显示出更有秩序的内在组织方式,使人更清楚地观察到故事的形态,从而可以更深刻地把握作者的叙述意图。

然而普罗普的研究还存在着重大缺陷。第一是选样范围不广。由于研究对象局限于俄罗斯民间的神奇故事,他描述的表层叙述结构总是以喜剧、大团圆方式结束,这就无法概括那些"英雄"被"对手"战胜的故事。以中国四大民间传

---

① 参看弗·雅·普罗普:《故事形态学》,贾放译,北京:中华书局,2006年,第16—22页。

说为例，其中没有一个符合普罗普模式。第二是完全按时间进程联接"功能"，他所总结的那些单向单线"功能"串，只能适应简单的故事，不能多方位地描述形态复杂的故事。普罗普之后出现了许多更为完善的形态描述模型，但我们仍要承认这些都是受了他的激励。

点评：普罗普对"功能"的提取类似语言学家对句子的语法研究——语法中最基本的单位是主语、谓语和宾语等等，普罗普的最基本的单位也是数量极为有限的"功能"。

为什么四大古代小说的主人公都有双重身份？

有件事您不一定注意到，四大小说名著中的"英雄"全都有正统与非正统（异类）的双重身份——孙悟空既是齐天大圣又是异类猴精，贾宝玉既是荣国公之孙又是来讨孽债的神瑛侍者，宋江既是"星主"又是造反头领，刘备既是"皇叔"又是民间豪杰。这种双重身份，意味着四位故事主人公同时卷入了一大一小两份契约：

孙悟空与唐僧、观音及如来有皈依正统的大契约，与花果山小猴有同享逍遥的小契约；

贾宝玉与贾府有克绍箕裘、光宗耀祖的大契约，与"还泪"而来的林黛玉有木石之盟的小契约；

宋江与朝廷有"为主全忠""为臣辅国"的大契约，与众兄弟有聚义江湖、同生共死的小契约；

刘备与汉献帝、董承等有匡扶汉室、维延汉祚的大契约，与关张二弟有桃园结义的小契约。

两份契约水火不容、无法调和。大契约以正统地位和社会责任感相压迫，小契约以人性的自由和异类的逍遥为牵引，这些人物到头来都强自挣扎为履行大契约尽了最大努力，并因违逆小契约而付出沉重的心灵代价。讨论至此，聪明的你已能看出四大小说共享一个相同的深层叙述结构：

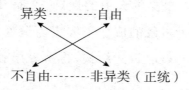

上图意在标出"正统/非正统""自由/不自由"这两对范畴之间的内在联系（用虚线表示），也就是说异类和正统分别对应自由与不自由。正统与异类可以相互转化（例如妖怪也可成佛），但这必然意味着原有内在联系的断裂（成佛后不再享有自由）。直截了当地说，从非正统（异类）转化为正统相当于从自由状态进入不自由状态，而自由状态的变化当然也意味着社会地位的变化。古人的意思便藏在这一深层叙述结构之中：每个人来到世间都面临着矛盾的人生选择，或为正统地位而委曲自己的内心，或不愿以屈求全而甘居非正统地位。诚然，正统与非正统之间是一条双行道（孙悟空当了齐天大圣还可以重新造反），但作为社会中人，正统的力量还是要大过自由的诱惑。因此，从这个深层叙述结构中可以听到一种隐隐的喟叹：正统不可战胜，自由难以舍弃，鱼与熊掌不可得兼，人生注定是一场艰难痛苦的折磨。

深层叙述结构不同于普罗普等人总结的表层叙述结构。它本身不是叙述（叙述可理解为一种动态的信息传播），却是叙述的信息基础；它是共时平面静态的，却是故事动力的源泉；它本来无喜无悲，却是故事悲喜色彩的配方；它简单得无以复加，却能衍生出丰富的思想内容。它像是火山深处的地层结构，能够解释和提供火山的运动，然而又不直接参与运动。地质学家通过岩浆的成分了解火山深处的秘密，叙事学家则通过故事发现表层叙述结构，再由表层叙述结构追踪到深层叙述结构。

点评：四大小说拥有一个共同的深层叙述结构，这似乎证明了罗伯特·格雷夫斯的那句诗："有一个故事而且只有一个故事／真正值得你细细地讲述。"①

---

① "There is one story and one story only/That will prove worth your telling,/Whether as learned bard or gifted child;/To it all lines or lesser guards belong/That startle with their shining/Such common stories as they stray into." Robert Graves, "To Juan at the Winter Solstics", *Poems* 1938—1945, London: Cassell, 1945.

唐僧师徒的遭遇为什么那么相似？

前面说到孙悟空既是异类猴精又是齐天大圣，这里要说取经队伍中的金蝉、猪妖、水怪和那匹白马，也分别有过如来二弟子、天蓬元帅、卷帘大将和玉龙三太子等响当当的正统名号。这些人物都是因为违背了正统的秩序而丧失了正统的地位甚至原身：金蝉长老因"不听说法"而被罚往罪孽最深重的南赡部洲投生；齐天大圣因大闹天宫被压在五行山下喘不过气来；天蓬元帅因调戏嫦娥而被投入猪胎；卷帘大将因失手打碎玉玻璃而被变貌刺胁；玉龙三太子因纵火烧了殿上明珠而被锯角褪鳞变为白马。

当然这还只是故事的开端，总体看来，孙悟空的命运也就是唐僧、八戒、沙僧和龙马等人物的命运：他们都因为没有遵守正统的秩序而沦为异类，又都回过头来皈依佛法而终成正果。岂止是他们，西天路上那些由神仙变形而来的妖怪难道不也是走了这条路线？至于土生土长的妖怪如牛魔王、黑熊精和红孩儿等，他们的遭遇和曾经占山为王的孙悟空更无本质区别。

这样来看问题，许多似乎不相干的人物与事件便有了内在联系，猴精的故事足以代表金蝉、猪妖、水怪、龙马和种种妖魔鬼怪改邪归正的故事。泾河龙王违旨行雨、天蓬元帅调戏广寒仙子,和齐天大圣偷吃蟠桃在本质上是一回事,都属于对正统的不耐烦;同样,男妖想吃唐僧肉与女妖想与唐僧成亲,和猴精护佑圣僧取经一样,其本质都是对正统的追求。

类似情况在其他小说中也有存在。《红楼梦》中,贾琏、贾珍、贾蓉和薛蟠等的"皮肤滥淫",从反面摹拟了贾宝玉的"意淫",他们的行动也属向正统挑战,但这种肉欲的宣泄并不指向堪与正统匹敌的力量,因而实际上为正统所默许。秦钟、柳湘莲以及"悔悟"之前的甄宝玉,则从正面摹拟了贾宝玉的行动,他们在叙事学上的意义相当于猪八戒、沙和尚之于孙悟空。《水浒传》中,田虎、王庆和方腊等人构成了对宋江的反向摹拟,至于梁山好汉对宋江的正向摹拟,小说在讲述种种"逼上梁山"的小故事中有过明显的暗示。《三国演义》中,曹芳、刘禅和孙皓等反向摹拟了刘备,他们分别是魏蜀吴三国之主,却缺乏令臣下归心的威望与仁德,受臣下拥戴的曹睿、孙权和孙策等则与刘备有一种正向摹拟的关系。

总之,"英雄"的正反向摹拟者大量存在于我们的叙事经典,这些"英雄"的摹本(虽说可能是等而下之的)和倒影一方面扩大了故事人物的队伍,一方面又陪衬、反衬出"英雄"行动的意义。

人物的摹拟导致事件的摹拟,许多事件可以和主要事件发生某种对应。会讲故事的人懂得驾驭"多"与"一"的矛盾:为了满足读者的消费需要,他们展示令人眼花缭乱的人物与事件;为了信息的集中,他们又暗中统一了这些人物与事件的向心性。

点评:音乐中一段乐旨(motif,又译母题)可以发展出一部完整的乐曲,文学作品中的主要人物、主旨事件也需要多个人物、多个事件作为烘托。

为什么许多作品"虎头蛇尾"?

万事开头难,结尾更不容易。《权力的游戏》一度被视为美剧的行业标杆,最终季的口碑却陷入断崖式下跌的泥潭,据说有超过百万的剧迷联名要求重拍结尾。王蒙说长篇小说多有虎头蛇尾的毛病,即便是名著也不例外。希利斯·米勒《解读叙事》单列一章讨论小说结尾,其中谈到"任何小说都无法毫不含糊地结束,也无法毫不含糊地不结束"。[①]

作品烂尾的原因何在?《权力的游戏》剧内容繁复不便举述,我们先来看济慈两易其稿仍未完成的长诗《海披里安》。海披里安为希腊神话中的第二代天神,他们推翻了第一代天神的统治,但又将被自己的儿辈——以宙斯、阿波罗为代表的奥林匹亚诸神替代。长诗以海披里安为主人公,自然是取第二代天神的立场,但诗人在叙述过程中又总是在说"美在未来"和新生事物不可战胜。如此我们弄不清楚长诗的宗旨究竟何在——济慈是在表达对海披里安的同情还是在赞美阿波罗?

讲故事的人在两造之间莫衷一是,要想圆满地结束故事也就难了。保罗·德曼在《对理论的抵制》一文中,把该诗未

---

① J.希利斯·米勒:《解读叙事》,申丹译,北京:北京大学出版社,2002年,第52页。

完成归因为修辞中的转义:一切文本都因修辞性而具有解构要素——文本需要一个主结构来支撑其意义,但文本的修辞和转义必定会产生出一个具有颠覆功能的亚结构,两个结构在建立关系以确立自己意义的过程中导致了文本的自我解构。[1]

从文本内部寻找原因,这一思路或许还有助于揭开曹雪芹未完成《红楼梦》之谜。小说提供的一切信息都指向贾府的衰败,但作者的家族又是贾府的原型,无法克制的恻隐之心使得这个指向受到削弱,直到作者搁笔的第八十回,我们仍未看到"食尽鸟投林,落了片白茫茫大地真干净"的迹象出现。聪明的高鹗揣摩到了他的心思,让后四十回尽量向"兰桂齐芳"这一折中性结局靠拢,我们不妨把它看成一开始就与"白茫茫大地真干净"平行的亚结构,而曹雪芹在金陵十二钗"正册"中对李纨(宝玉已故胞兄贾珠之妻,其子名兰)命运的预言——"到头谁似一盆兰",也为贾府将来"家道复初"作了某种埋伏。第一百二十回"光着头,赤着脚"的贾宝玉披着"大红猩猩毡斗篷"向贾政拜别,这种令人惊诧的告别着装可以说是作者两难处境的折射。

与"兰桂齐芳"相似,"钗黛合一"也是干扰主结构的亚结构。众所周知,贾宝玉对"仕途经济"的鄙夷不屑得到林黛玉的大力支持,然而小说中"抑钗扬黛"("钗"为薛宝钗)的倾向

---

[1] 保罗·德曼:《对理论的抵制》,李自修译,载王逢振、盛宁、李自修(编):《最新西方文论选》,桂林:漓江出版社,1991年,第223—224页。

并未贯彻始终。金陵十二钗册子一般是一人一册,唯独钗黛二人同在一册("玉带林中挂,金簪雪里埋"),庚辰本脂批早就指出"钗玉(按,"玉"指黛玉)名虽两个,人却一身,此幻笔也",俞平伯就是据此提出"钗黛合一"之论。价值取向不同的人物捆绑在一起,必然导致形象的崩溃与文本的解构。在"抑钗扬黛"与"钗黛合一"间摇摆不定,应当是曹雪芹写不下去的另一个原因。

点评:若把文本看成织物(汉字"文"和英语 text 都有编织之义),结尾就是织物的收口处,文本的内在冲突与作者的莫衷一是导致了"收口"的艰难。

平如美棠的故事好在哪里?

《平如美棠:我俩的故事》[1]一书图文并茂,装帧也非常独特,甫一问世便征服了无数读者。除被媒体评为年度好书和最美书籍外,还被译成多国文字在亚欧美三大洲广泛发行,迄今为止该书中文版已多次加印,印数达到令人惊叹的 30 万册。

然而作者饶平如老人既非专业作家,也从未学过绘画,他只是用一幅幅充满童趣并配上文字的图画,来讲述他和妻子美棠一生的爱情故事。读过该书的人多半会把自己的感动分享给朋友,然而包括我自己在内,在向人推介此书时又觉得一下子无法说出它好在哪里。斯坦利·哈弗罗斯《诚实与悲剧》一书描述了这种窘况:

> 比如看看你专心阅读一部小说的经验。当我们阅读完一部好的小说,想把小说的洞见与他人分享时,会发现这些洞见离开了小说本身就平淡无味,最后也不得不推荐你的朋友自己去读那部小说。[2]

---

[1] 饶平如:《平如美棠:我俩的故事》,桂林:广西师范大学出版社,2013 年。
[2] Stanley Hauerwas, *Truthfulness and Tragedy*, University of Norte Dame Press, 1977, p.77.

当然这并不意味着故事的好处是说不出来的,如果真是这样,那么文学批评还有什么存在的意义呢。哈弗罗斯只是说作品不可能被简单抽象的说明来取代,把自己的读后感列出个一二三四,别人是不会和您一样被那部小说感动的。

我在大学里教了几十年文学,所做的工作主要是把对作品的理解讲给学生听,但我知道最重要的还是学生自己的阅读,那些只背理论不读作品的人成不了大器。育人这门学问讲究的是"养成",故事中的养分只能通过逐字逐句的阅读去吸吮,没有哪位老师能把自己的体验从讲台上"批发"给台下的学生。

故事的力量在其内部,在于作者精心选择的事件与细节,至于为什么讲述这些而不讲述那些,可能连他们自己也说不清楚。不过可以肯定的是,讲述这些能给他们带来最大的快乐与满足,在所有的事情当中,最让人投入、最能引起普遍的兴趣、最能发挥创造性的,或许非讲故事莫属。

在我看来,文学教师的首要任务在于引发学生对作品的兴趣,有兴趣后故事自会挥之不去地萦绕在他们心头。即便有些内容年轻人一时消化不了,随着他们日后阅历与见识的增加,也会逐渐深化对这些故事的理解。

就此意义而言,人的成长离不开各种故事的"喂养"与陪伴。我们对世界的认知和体验有许多来自所读过的叙事作品,它们不但展现自然与社会的样貌与规律,还涉及哪些能做哪些不能做,什么可取什么不可取,如何取得成功和怎样避免失败。

故事的潜移默化之功不可小觑,有些故事带来的影响是如此深远,以至于我们在下意识中会以其中的"英雄"为行事楷模,甚至一生都在为变成这样的人而努力。还有一些人物则成为反面教训,让我们牢牢记住勿蹈其覆辙。学界目前对叙事伦理(narrative ethics)甚为关注,也是因为这个问题关系到人格养成。

需要说明,这里所说的"英雄"不一定都是"高大上"的人物,药补不如食补,就像滋养我们身体的主要是青菜白米饭一样,我们汲取的人生教益大多也是来自身边普通人的故事。

点评:"相思始觉海非深",一个貌似老套的思念亡妻故事之所以引起广大读者共情,是因为作者写出了柴米油盐生活中蕴涵的美感与深情。

为什么有些故事非讲不可?

传媒变革与科技进步,使现代人在讲述故事时享有更多的便利与自由,有学者甚至把叙事艺术的繁荣称为一种现代性事件。叙事是人类永恒的艺术需要:从古老的岩洞到超音速飞机的客舱中,都有故事传播这种形式存在,时至今日,叙事仍是帮助我们度过闲暇时光的主要手段。

讲故事是最容易做的游戏,人们不必经过特别的训练即可参加进来,其他行当的门槛则要高得多——饶平如老人就是一个"无师自通"的典型例子。叙事又是难度极高的艺术,古往今来的故事讲述人多如过江之鲫,然而其中只有极少数像曹雪芹、托尔斯泰那样极具潜质的人,才能跃过龙门成为叙事领域内人所公认的艺术大师。

讲故事看上去是为了满足接受方面的需要,实际上创作方面更需要讲述,因为讲述就是抒发,成功的故事讲述人极少为谋生而讲述,叙事本身给他们带来最大的快乐与享受。

笔者个人在叙事理论研究之余,写过《济慈评传》等三部与济慈有关的书。济慈这位英国浪漫主义诗人是我攻读硕士学位时的研究对象,爱是不能忘记的,学术研究上的"初恋"同样铭心刻骨,因此讲述他的故事在我来说是一件"此生必做"之事。

朱莉亚·克里斯蒂瓦在《汉娜·阿伦特》一书中发过这样的议论：

> 每个人都有一次生命。我们当中的许多人所经历的种种趣事，填补了我们的家族史、地方报纸甚至电视新闻，但这些不能算是值得纪念的传记。所谓的"天才"，我们不得不讲述他们的故事，因为那些故事与他们灌注的人类思想、人类生命的发明创新是分不开的，与他们源源不断的问题和发现，以及由此获得的快乐也是分不开的。他们给予我们的馈赠，与我们的关系如此密切，我们只有将之融入他们的生活，才能真正拥有。①

选择什么人的故事来讲述，从来都不是一个单纯的学术问题。有故事的人多如满天星斗，但天空中只有极少数星辰能放射出特别的光辉，让人感到仿佛可以触及它们的温暖，这就是引文所说的"他们给予我们的馈赠，与我们的关系如此密切"，使得"我们不得不讲述他们的故事"。

不过也可以反过来表述：只有讲述这种人的故事，我们才会感到特别有意义，才会焕发出自己最大的热情；只有选择这样的人作为研究对象，我们在研究时才会感到特别有兴趣，才会倾注出自己最大的心力。饶平如老人通过讲述，回到了他和美棠在一起的美好时光，笔者则如克里斯蒂瓦所言，在讲述济慈故事中"融入"了天才的成长过程之中，在某

---

① 朱莉亚·克里斯蒂瓦：《汉娜·阿伦特》，刘成富等译，南京：江苏教育出版社，2006，第237页。

种程度上实现了对其美学思想和艺术遗产的"真正拥有"。

郭沫若曾说"如果到了不能不写的时候,我一定要写",[①]他写成历史剧《蔡文姬》后说"蔡文姬就是我",[②]这些话都显示这位故事讲述人是骨鲠在喉不吐不快。

点评:每个人心中都有特定的故事要讲述,讲述这样的故事不但能消除胸中的郁结与块垒,还能使我们的精神获得相当程度的绽放。

[①] 陈明远:《白杨忆郭沫若》,载陈明远:《人·仁·任》,郑州:河南人民出版社,2004年,第82页。

[②] 郭沫若:《〈蔡文姬〉序》,载王训昭等编:《郭沫若研究资料》(上),北京:知识产权出版社,2010年,第336页。

沙和尚脖子上那串骷髅项链有何作用？

唐僧三徒弟沙和尚脖子上那串项链，居然是用九位取经人的骷髅穿成。这个细节显示取经故事的时空远比我们想象的要复杂——唐僧是第十位来到流沙河边的取经人，妖怪吞吃取经人的事件发生过九次！

叙事作品中的此类细节有一种"反卷"作用，也就是说故事世界被其卷入一个更为博大和复杂的时空系统之中，读者此时会感到脑洞大开，甚至会觉得脑子根本不够用，因为唐僧取经的本事发生在佛教传入中土未久之时，如果说此前竟然有过九位取经人，那么这一切一定发生在一个包容了无数次"轮回"的复杂世界之中。

按照佛教的说法，世界（汉语中这个词来自佛经）是由成到毁"轮回"不已，每一"轮回"为一劫，《红楼梦》第一百二十回说"那空空道人牢记着此言，又不知过了几世几劫，果然有个悼红轩"，这句话也让我们看到贾府所在那个时空何其短暂和渺小，它后面存在着一个经历过无数次"轮回"的广袤时空。

就像唐僧是佛祖安排下的第十位（准确地说是第十代）取经人一样，电影《黑客帝国》的主人公尼奥亦为设计师制造出来的第六代补丁程序，表面看他是矩阵（matrix）的攻击者，但因其攻击对象是系统中的漏洞（bug），其结果反倒促成了矩阵的自我升级。

据电影中那位白发设计师解释，矩阵一共经历了五次这样的升级，尼奥是为其第六次升级而"编写"出来的。尼奥的命运也是唐僧的命运，他们与生俱来地负有完成重大任务的使命，如果说尼奥的攻击带来了矩阵系统的自我完善，那么唐僧取来的真经也导致了东土世界的道德净化，从这种意义上说唐僧也是一种补丁程序，只不过电影更加突出了人物发现自己身份和使命后的惊骇之情。

如今许多科幻电影的主人公都被编导置于这样的困境之中：他们像尼奥一样一觉醒来发现自己不是真正的人类，周遭世界不是现实而是某种高度仿真的虚拟现实系统，于是发出"我为何在此"的痛苦询问。这种情况令人想起庄子的《齐物论》："昔者庄周梦为胡蝶，栩栩然胡蝶也，自喻适志欤！不知周也。俄然觉，则蘧蘧然周也。"

庄周梦蝶属于对"可能的世界"的最早探索，拜相对论与高科技之赐，如今一些小说的时空想象更为波谲云诡，由于人物可以通过各种各样的时空转换装置进入过去或未来，本来线性流淌的时间掉转头来交织成"小径分岔的花园"。博尔赫斯的小说向人打开了近乎"不可能"的时间维度："在大部分时间里，我们并不存在；在某些时间里，有您而没有我；在另外一些时间里，有我而没有您；还有一些时间里，您和我都存在。"①

---

① 卡洛斯·富恩特斯：《豪·路·博尔赫斯——通天塔的裂口》，赵德明译，《译林》2003年1期。

阅读博尔赫斯能让人更好地领悟存在的真谛,人生如棋,导致棋局变幻的不仅是那些已经下出去的棋子,还应当包括那些曾经考虑过但最终并未下出去的棋子,那些与自己失之交臂的事件同样是自己的人生,忽略它们便无从界定人生的意义。

　　点评:茫茫宇宙中有万千时空,"我"和"您"偏偏会邂逅在这个世界,此一发现带来的惊悚感并不比问"我为何在此"时更轻。

叙事学家也有看不懂叙事作品的时候?

作为一位有国际知名度的叙事学家,玛丽-劳勒·莱恩对叙事的各种新花样有相当深入的研究,但她有次坦然承认自己并未看懂好莱坞电影《云图》:

> 直到看完整部电影,要起身离座时,我仍然不知所云,回到家的第一件事就是搜索维基百科里的相关文章来帮助自己理解这部电影。①

这番话可能会让有的读者大笑三声:"哈哈,原来你们这些叙事学家也有看不懂作品的时候!"

是的,叙事学家在这方面并非万能,尤其是在作品内容过于复杂和叙述手段过于新潮的时候。《云图》以六个独立片断对应人类六个时期的故事,并用一位演员分演多个历史角色的方式,来暗喻人类总是一茬接一茬地重复相同的行为模式。然而不是每个观众都能记住那些演员的长相——化妆和服装造型也在很大程度上影响了观众对演员形貌的辨识,加之电影的情节线索纷乱如麻,场景又变化多端光怪陆

---

① 玛丽-劳勒·莱恩:《文本、世界、故事:作为认知和本体概念的故事世界》,杨晓霖译,载唐伟胜主编:《叙事理论与批评的纵深之路——第四届叙事学国际会议暨第六届全国叙事学研讨会论文集》,上海:上海外语教育出版社,2015年,第37页。

离,这些在很大程度上影响了观众的接受。虽然有不少批评家认为《云图》是一部很有创意的电影,但总的来说其观众口碑算不上理想。

《云图》由沃卓斯基兄弟与汤姆·提克威联合执导,沃卓斯基兄弟(后是姊弟如今是姊妹)在导演《黑客帝国》时立意拍出一部需要多次观看才能理解的电影,此次与人合作拍摄《云图》显然也有类似动机。虽说《云图》未能创造《黑客帝国》那样的票房奇迹,但它也在逼迫观众对电影进行"一刷再刷"式的消费,这正是现代电影工业希望达到的接受效果。反复观看同一部电影,再"烧脑"的情节线索也会被一一理清,事实上有不少观众正在养成这种消费习惯,开始享受砸碎硬壳、理清线索带给自己的乐趣。

当然也要看到,电影院毕竟还是人们休闲娱乐的地方,观众坐在这里主要是为放松身心,不是要做什么绞尽脑汁的益智游戏。从这个角度说,那些"烧脑"的故事情节确实是有些过分。现代电影是一种高度综合化的叙事艺术,其本质仍属讲故事行为,古往今来凡是成功的故事讲述人,都懂得听众的理解力和记忆力是有限的,不能用太过复杂的故事情节把他们赶跑。

话又说回来,故事的接受者也需要与时俱进,因为新陈代谢是艺术史上一条重要规律,《云图》之类的电影肯定不会就此绝迹,今后一定还会有更多的"烧脑"作品出来挑战人们的理解力。我注意到现在许多人的消费胃口比较单一,只习惯于接受某一类型的作品,他们就像是我家乡那些无辣不欢的食友,过分单调的味觉追求导致其无缘品尝世界上更多的美味佳肴。

  和我们身边的大自然一样,叙事作品也是五颜六色千姿百态的,如果说人们出国旅游是希望增进对外部世界的了解,那么读小说看电影也相当于开启一扇又一扇观察人生的窗户。您当然也可以选择固守自己习惯已久的窗口,不想站起来走到新的窗户旁边,但这样会使您错过许多美丽壮观的景色。

  点评:电影和小说让人难以接受,可能是创作方面出了问题,但接受方面也应当反求诸己,叙事消费上的偏食同样也会导致营养不良。

四大传说的男主角为什么身份恰好对应"四民"?

四大传说即《白蛇传》《梁山伯与祝英台》《孟姜女哭长城》与《牛郎织女》。封建时代的平民百姓被分为士农工商等"四民",有意思的是,四大传说的男主角中,梁山伯为读书人,牛郎为农夫,万喜良为役夫,许仙为药店学徒,他们的身份恰好与"四民"相对应。

这种对应似非完全出于偶然,四大传说在我看来是一个契合得亲密无"间"的故事序列,或者说它们合成为一种整体叙事。要不然很难解释为何单单是它们被挑选出来作为中国民间传说的代表。

儒家文化在古代中国处于主流地位,四大传说中自然需要一个关于读书人的故事;中国又是农业大国,稼穑为立国之本,没有农民对这个故事序列来说也是不可想象的;中国还是一个疆土辽阔的帝国,修建长城之类的工程需要从各地征调大量役夫,这一庞大的流动人群势必又会推出自己生离死别的故事;"商"在重农轻商的时代被列为"四民"之末,但无"商"不成"市",城市生活也有权在四大传说中占有一席之地。

如果按先来后到排序,白蛇传说在四大传说中应当"叨陪末座",但它在今天的"重述率"比其他传说要高得多,究其原因,应当说与它反映的城市生活背景有很大关系。

有了这样的分工,四大传说中就有了乡村、道路和城市,有了书堂、店铺和寺庙,有了边关、山川与大海。四大传说从内容上说并不复杂,故事线索也很简单,但其牵涉的社会阶层相当广泛,上场人物三教九流五花八门,其中还不乏"天地君亲师"等方面的代表。

就地理空间而言,四大传说覆盖中华大地的东西南北:孟姜女不远万里从秦国走到海边,梁山伯与祝英台同窗共读于教育昌明的中原,牛郎织女传说中的洗浴和窃衣带有楚地民俗色彩,白素贞与许仙邂逅于美丽的西子湖畔。

白蛇传说虽然起源于域外,但西湖和中药等因素已经使这个故事完成了本土化的过程。其他三个传说中也有像中药这样的"国粹",如梁祝传说中的书堂、牛郎织女传说中的男耕女织以及孟姜女传说中的万里长城等,这些来自"士农工商"的标志性事物,赋予四大传说鲜明的中国叙事特征。

四大传说之间的分工合作,说白了就是国人在语文课堂上学过的"互文见义"。读者肯定还记得"秦时明月汉时关"和"东市买骏马,西市买鞍鞯,南市买辔头,北市买长鞭"这样的例子,把握"互文"的关键在于把分开来的表述当成一个修辞性整体,这样我们就不会以为"东市"才有"骏马","西市"才有"鞍鞯"。

同理,把握四大传说的关键也在于洞悉其"互文性"(intertextuality),即把它们看成是一个相互依存的有机整体——只有让这四个传说彼此印证和相互映发,其隐含的意义才能被真正召唤出来。从"互文"角度观察，四大传说之间的配合相当默契，它们固然是四个独立的叙事单元，但是由于那些复杂微妙的"异中之同"，它们给人的印象就像是同一故事的不同变体。

点评：四大传说能从浩如烟海的民间故事中脱颖而出，原因就在于它们是一个被"互文性"牢牢吸附在一起的不可分割的整体。

四大传说也有其各自对应的季节吗?

四大传说从时间上说均不止一次地跨越了四季,但在人们印象中,每个故事似乎都只对应某个季节,或者说故事的主要行动各有其发生的季节。

梁祝传说是春天的故事,那里有成双成对的蝴蝶飞舞;白蛇传说为夏天的故事,许仙与白素贞在端午节同饮雄黄酒;牛郎织女传说为秋天的故事,有情人聚首在金风送爽的七夕;孟姜女传说为冬天的故事,女主人公顶风冒雪为丈夫送去寒衣。有春夏秋冬之分,就会有物候、节令与天象之别,所以这些故事的背景有时蝶舞翩翩,有时洪水滔天,有时星汉灿烂,有时北风其凉。

除了主要行动的季节属性外,四大传说中的爱情也分属不同的季节:梁山伯与祝英台从未获得真正亲近的机会,他们纯洁的爱情就像含苞待放的春天花朵,离繁花似锦的夏天和果实累累的秋天还很遥远;白素贞到端午时腹内已有爱情的结晶,如果不是爱得太热烈太盲目,她无论如何也不会喝下那杯让自己出乖露丑的雄黄酒;牛郎织女之爱因银河隔断而趋于深沉,要是不沉下心来耐心等待,鹊桥相会之前的日子将会无比难熬;孟姜女到最后已成形单影只的孤鸿,在长城边看到丈夫尸骸的那一刻,她的内心一定因绝望而变得冰凉。

故事当然是没有"体温"的，但四大传说之间确实存在着微妙的爱情"温差"：其中既有初恋、暗恋和苦恋，又有热恋、痴恋与绝恋；既有情窦初开、浓情蜜意与深情厚谊，又有一见钟情、两地相思与始终不渝。

四大传说与四季的对应，与其主人公的身份对应于"四民"一样，显示出这四个故事确实构成了一个有机的序列。如果说"士农工商"在四大传说中有自己的代表，那么每一个季节也应该有最适合讲述的故事，例如秋天的夜晚银河呈现得特别清晰，这时坐在豆棚瓜架下面讲"鹊桥相会"便很应景。与此相似，化蝶的故事适合在春回大地时讲述，饮雄黄酒的故事适合在气温升高时讲述，送寒衣的故事适合在冰封大地时讲述。如此看来，我们的祖先在酝酿这些传说时一定考虑到了它们的季节属性，以便自己的子子孙孙一年四季都有适时的故事可听。

民间故事是知识的宝藏，四大传说合起来是一部袖珍版的百科全书。任何叙事都有传授知识的功能，四大传说的独特之处在于通过相互补充而做到无远弗届无所不包，其覆盖范围之广胜过了许多鸿篇巨制。国人在聆听故事中经历四时八节，走过北国南疆，往来天上人间，巡游各行各业。这种"巡游"带有走马观花的性质，但就是这种体验让我们了解世事人生的基本格局，获得相互联系的整体印象。

不仅如此，四大传说流传至今还与其承载的教化功能有关。这些故事实际上是在进行伦理教育，它们携带古人对生命的理解与对爱情的诠释,告诉我们什么最有价值,什么最有力量,什么最有意义,一代又一代的国人就是在这样的爱情学校与人生课堂中接受启蒙。

点评:底层叙事在很大程度上支撑着中华文明的薪火传承,四大传说和"诗三百"一样,具有"经夫妇,成孝敬,厚人伦,美教化,移风俗"等功能。

三、叙事传统

好莱坞电影为什么多有长时间的汽车追逐镜头?

不知道大家注意到没有,好莱坞电影动辄出现长时间的汽车追逐镜头:前车穿街绕巷夺路飞奔,后车如影随形玩命紧追,路人见状纷纷四散躲避,倒霉的商铺被撞得物品乱飞。这种闹剧般的追逐,大多以车毁人伤(亡)的惨烈事故为结局。在几乎人人都有车的国家,出现诸如此类的镜头似乎不足为奇,让我觉得难以接受的是这种镜头往往持续很长时间,长到超过了"必要"的地步。

"必要"与否取决于每个人自己的衡量尺度。作为当代最具影响的讲故事形式,西方人发明的电影不可避免地会受到自身文化与叙事传统的影响。翻开西方文学史,我们发现许多故事的主角都有流浪奔波的经历,甚至大部分时间都在风尘仆仆地赶路。西方人过去赖以为生的航海、游牧和狩猎活动,使其习惯于在大海、草原和大漠之间穿行,因此他们的文学从古到今都不缺乏旅途故事。

希腊神话中寻找金羊毛的传说,以及荷马史诗中对跨海远征与英雄还乡故事的讲述,打开了流浪汉叙事的闸门,从这道闸门中涌出的既有中世纪外出游侠的骑士传奇,还有16世纪拉伯雷的《巨人传》、17世纪无名氏的《小癞子》、18世纪笛福的《鲁滨孙漂流记》、19世纪马克·吐温的《哈克贝利·芬历险记》、20世纪凯鲁亚克的《在路上》以及近期获奥斯卡奖的电影《绿皮书》等。甚至连方兴未艾的太空遨游电影也在这个序列之中——身着宇航服的太空漫游者看到的宇宙景观固然神奇,但其主要行动仍然不外乎奔向远方和返回家园,这与伊阿宋寻找金羊毛以及俄底修斯回家没有本质差别。

相比之下,农耕文化导致国人较为留恋身边的土地家园与"熟人社会",流浪汉叙事因此在我们这边难以形成很大的气候。农耕文化中人服膺"一动不如一静",这可能是笔者个人无法忍受长时间追逐镜头的深层原因。和我们这个守着土地庄稼过日子的农耕民族不同,西方人对外部世界的好奇与向往渗透在血液之中,他们过去赖以为生的主要是动物性资源,与此有关的游牧、狩猎和海洋活动需要在更为广阔的空间内进行,自由行动因此成为其渗透到骨髓里的天性。

就农耕与海洋文化所作的中西比较,让人想到本雅明《讲故事的人》一文中所说的"远行人必有故事可讲":

> 人们把讲故事的人想象成远方来客,但对家居者的故事同样乐于倾听。蛰居一乡的人安分地谋生,谙熟本乡本土的掌故和传统。若用经典原型来描述这两类人,那么前者现形为在农田上安居耕种的农夫,后者则是泛海通商的水手。①

参照这一说法,中西叙事传统或可分别用农夫型和水手型来形容。农夫与水手的叙事各有千秋难分高下,但两者的区别也是非常明显的。农夫因为对乡土社会多有依赖,说起身边的事来如数家珍;水手飘洋过海、见多识广,满肚子都是外部世界的奇闻轶事。

点评:中西叙事传统的不同,根本原因在于各自的生产方式,不过要说明的是,以上是就荦荦大端而言,水手型和农夫型的故事讲述人在全世界都有存在,只不过他们分别在中国和西方属于少数而已。

---

① 瓦尔特·本雅明:《讲故事的人》,载汉娜·阿伦特(编):《启迪:本雅明文选》,张旭东、王斑译,北京:生活·读书·新知三联书店,2012年,第96页。

福柯为什么将安·拉德克利夫与马克思和弗洛伊德相提并论?

如果不考虑对后世的影响,说安·拉德克利夫是英国的二流小说家可能都不够格——实事求是地说,文学史上比她强的作家可以说一抓一大把,所以今天没有多少读者能记住其作品的名字。

然而,作为第一位将哥特式小说变成畅销书的英国作家,拉德克利夫使这一类型小说的流行成为了一种习惯和可能,福柯因此在《作者是什么?》一文中称她和马克思、弗洛伊德等人一样,"不仅生产自己的作品,而且生产构成其他文本的可能性和规则"。①

哥特式小说中并没有涌现出流芳百世之作,文学史家对其总的评价不高(这种情况有点像我们中国的武侠小说),但受其讲述形式影响的西方小说却有不少。将故事背景设定在幽暗神秘的古堡旧屋之中,让忐忑不安的人物蹑手蹑脚地穿过走廊爬上阁楼,去执行某项使命、发现某个秘密或防范某种危险,这种叙事形式对中国读者来说没有多大吸引力,

---

① 米歇尔·福柯:《作者是什么?》,逢真译,载朱立元、李均(主编):《二十世纪西方文论选》(下卷),北京:高等教育出版社,2002年,第193页。

然而对于"好的就是这一口"的西方读者来说，如此安排确实挠到了他们心中的痒处。

要不然我们就无法解释，为什么19世纪以来有那么多传世之作模仿或戏仿这种讲述形式。简·奥斯汀的《诺桑觉寺》、狄更斯的《远大前程》与《荒凉山庄》、勃朗蒂姐妹的《简·爱》与《呼啸山庄》、托马斯·哈代的《远离尘嚣》与《还乡》、威尔基·柯林斯的《白衣女人》与《月亮宝石》、奥斯卡·王尔德的《道连·格雷的画像》、维克多·雨果的《巴黎圣母院》、普罗斯佩·梅里美的《伊尔的美神》、爱伦·坡的《椭圆形画像》、达芙妮·杜穆里哀的《蝴蝶梦》和加斯通·勒鲁的《歌剧魅影》，都有向拉德克利夫致敬或做鬼脸的意味。

最初见于廉价读物的讲述形式受到后世诸多名家青睐，是因为包括叙事在内的所有活动都会受惯性支配。人们一旦习惯了某种路径，便会对其产生难以自拔的依赖，惯性力量导致"路径依赖"（path-dependence）不断自我强化，对故事的讲述习惯就是这样逐步发展成叙事传统。从这里可以看出讲述方式的惯性是如何强大，不管讲述方式的"始作俑者"在文学史上的名声是多么卑微，只要这种讲述方式流行开来成为"构成其他文本的可能性和规则"，人们就会有意无意地执行这些规则。

小说之外的戏剧中也存在相似情况。说起英国的复仇悲剧、浪漫喜剧和历史剧，人们脑海里会立即浮现《哈姆莱特》《仲夏夜之梦》与《亨利四世》等剧作，其实为这些戏剧形式奠定基础的是以克里斯托夫·马洛为代表的"大学才子"，莎士比亚可以说是踏着他们的肩头才登上戏剧艺术的顶峰。莎士比亚不仅善于形式继承——他笔下的故事基本上也都是别人讲述过的,他那种点铁成金、夺胎换骨的叙事功力才是前无古人的。

点评:先行者不一定都写出过特别优秀的作品,而赓续者当中却有可能涌现出伟大的故事讲述人,因此在肯定莎士比亚的同时不应忘记"大学才子"的贡献。

李光耀给希拉克讲了个什么故事？

1997年,法国总统希拉克因选举失利而显得非常沮丧,当时访问法国的新加坡资政李光耀看出了这一点,便特地给他讲了一个"塞翁失马"的故事。"塞翁失马"后面一句话是"焉知非福",意思是坏事也可以变为好事,所以懂汉语的李光耀会用这个成语来安慰他的政界老友。

汉语被世人认为是最富于暗示性的语言,一个重要原因是其中成语甚多,成语后面都隐藏着生动的故事,这就使得国人的表述常常含有明暗二义。启功在《汉语现象论丛》中说得非常形象:

>压缩故事成一词,用在句中的手法,叫做"用典"。某个故事流传定型了,大家公认了,于是它便成了一个"信号"……即以蚌鹬故事说,劝人息争时可说"你别作鹬啊""你们别成蚌鹬啊""你们留神渔人啊",即使说的多些,"你们别成蚌鹬相争,使渔人得利啊",十四个字也比《战国策》中故事的全文要少得多,仍是一个集成电路。①

---

① 启功:《汉语现象论丛》,北京:中华书局,1997年,第96—97页。

"集成电路"这一譬喻非常传神:压缩进成语的故事在字面上只留下一鳞半爪,其隐含内容已从文学层面渗入语言层面,变为约定俗成的表意符码。

戚蓼生在《〈石头记〉序》中说:"绛树两歌,一声在喉,一声在鼻。"国人的表达中由于有了成语,"一声也而两歌"的复调现象成了一种常态:当人际交流中出现"塞翁失马""画蛇添足"之类话语时,古代的"失马"或"添足"故事便立即叠映在当下所述事件的后面,两者之间产生出隐约而又微妙的共振和弦。文贵含蓄,汉语之所以被世人视为天然亲近文学的语言,就是因为此类弦外之音的介入,这种介入像"水中著盐"一样既能提味而又不露痕迹。

汉语中的成语来源甚广,源于先秦寓言与历代故事的成语在其中占了相当的比重。中国文化传统一贯注重蕴藉精炼,言有尽而意无穷,先秦诸子之文经过千锤百炼,一切可有可无的文字均已删削殆尽。叙事的简略化导致了故事的小型化,吉光片羽式的诸子寓言逐步压缩演化为成语,融入并丰富了汉民族的常备语汇。

我们现在经常使用的,除"塞翁失马"和"画蛇添足"外,尚有"揠苗助长""朝三暮四""望洋兴叹""井底之蛙""老马识途""自相矛盾""守株待兔""杞人忧天""愚公移山""掩耳盗铃""同舟共济""狐假虎威""阳春白雪"和"南辕北辙"等,它们汇聚成了一个脍炙人口的庞大故事库。

先秦之后,还有许多广泛流传的历史故事循着这条轨道演变为成语,人们在使用成语时,实际上等于从中挑出某一故事,心领神会地传递不欲明言或不便直言的信息。对比之下,其他民族的词汇中没有如此密集的故事沉淀,美丽的汉语以其镶嵌着的故事珍珠,傲然屹立于世界语言之林!

点评:古老的寓言故事仍然活在当下,活在国人的日常用语之中,含事成语赋予汉语言简意赅的魅力,注重引征与隐喻成了汉民族重要的叙事传统。

不懂汉语的希腊姑娘为什么能猜中汉字的意思?

安子介在《解开汉字之谜》一书中提到,他让一名完全不懂汉语的希腊女孩看"鸡""马""狗""鸟"四个字的繁体,然后让她猜它们分别对应哪四种动物,结果这位外国人根据自己对字形的判断做出了正确的选择。①

从叙事学角度观察汉字的组织结构方式,可以发现汉字以形表意的特点,为读者将携带事件信息的符号转换为栩栩如生的行动画面,提供了表音文字无法企及的诸多便利。这主要表现为以下两点。

一是汉字的构形与叙事要求高度契合。叙事之"事"来自人的行动,人的行动又主要是由举手投足、说话注视等组成。如果我们对汉字偏旁部首稍加审视,就会发现在那些独立呈义的构形部件中,"人"和表示肢体器官的"手""足""口""目"等占了很大比例,其余的构形部件也大多关乎人的栖息环境、生产工具和劳动对象。可以这样说,汉字完全是按叙事要求来构形的,它是一种为叙事而诞生的文字,在表"事"方面它比世界上任何主要文字都来得直接。

二是汉字的组合易于激发动态联想。使用文字的叙事

---

① 安子介:《解开汉字之谜》,上册,香港:瑞福有限公司,1990年,第6页。

主要通过句子来表达意思,但汉语给人的感觉是许多单字也在叙事,这是因为构形部件的组合总会带来某种动感。大体说来,产生动感的途径离不开这样三种组合方式:

1. 行动＋行动。也就是以两个包含动作的部件成为字的主体,如"从"(二人相从而行)、"夹"(二人夹住一人)、"至"(人侧立而手有所提携)、"交"(两脚交叉)和"步"(双足移动)等。

2. 行动＋物象。① 这是一种类似动宾结构的组合方式,以寓动感的部件与表物象的部件配合,如"採"(手与树上之果)、"牧"(持鞭人之手与牛)、"射"(手和弓箭)、"獲"(手与鸟)和"舀"(手与穴)等。这种组合覆盖了很大一部分汉字,其中很多后来已不再是动词。由于这些字包含了动作和动作的对象,因而能够令读者心目中闪现一个近乎完整的动态过程,这类汉字简直可称为最小的叙事单位。

3. 物象＋物象。这种组合看似与运动无缘,实际上寓动于静,从平静中迸发出强烈的动感。如"析"(木柴与斧头)、"冶"(两点水为铜锭,另外半边为冶炼器具)、"贮"(贝与贮贝之器)、"農"(耜与田地)和戎(戈与盾),等等。这种组合巧妙地利用物象本身寓含的动感:将工具、武器与它们的对象放在一起,焉能不联想起使用它们时的运动?这类字中构造得最令人难忘的是"塵"(该字有种繁体为上面是三个"鹿"),将

---

① 本页与下页内容中,因分析繁体汉字的象形特色所需,文字多有繁体字。——编者注。

三头"鹿"置于"土"之上,那不是众鹿奔跑时引起的尘土飞扬吗?

由此看来,汉字不仅以其组织的文句叙事,文句中的单字也参与到叙事之中,以其散发出的多种信息丰富叙事的内容。来自多个领域的学者正在重新"发现"和认识汉字,叙事相关学科内的人们更有责任深入开展研究,探索汉字介入叙事中的种种神奇。

点评:所以英美意象派诗人会把单个汉字看成诗:"春"是太阳在蓬勃生长的树丛下升起,"習"是时间"白"色的翅羽在人们学习时悄然扇动。

青铜器上为何多镌刻神话性动物的花纹?

古人占卜多用龟甲,因为他们相信长寿的乌龟可以通神。同样的道理,在青铜器上镌刻某些动物的花纹,目的也是以其为媒介来沟通幽明。张光直在《商周神话与美术中所见人与动物关系之演变》一文中说:

> 在古代的中国,作为与死去的祖先之沟通的占卜术,是靠动物骨骼的助力而施行的。礼乐铜器在当时显然用于祖先崇拜的仪式,而且与死后去参加祖先的行列的人一起埋葬。因此,这些铜器上之铸刻着作为人的世界与祖先及神的世界之沟通的媒介的神话性的动物花纹,毋宁说是很不难理解的现象。①

认识到了动物花纹所起的桥梁作用,我们就会明白许多青铜器上铭刻的文字(称铭文或金文),其"隐含读者"可能是天上的神灵或地下的列祖列宗。青铜时代的人并未走出鬼神世界,他们的生活中还有头顶的上帝和已故的祖先,因此不但是那些涉及重大事件的铭文如毛公鼎铭、史墙盘铭等,就连记录官司和契约之类的铭文如曶鼎铭、散氏

---

① 张光直:《中国青铜时代》,北京:生活·读书·新知三联书店,1983年,第310—311页。

盘铭等，都有让冥冥之中的神灵知晓或恭请其参与监督的意味。

青铜器上的铭文开启了中国叙事史上一个极为重要的传统。从那以后，在大型硬质载体上铭勒文字，不单意味着将事件牢固地记录下来，其仪式上的意义还为隆而重之地将所记内容昭告天地神明。

进入铁器时代以来，随着更为锋利的凿刻工具产生，出现了勒石记事这种新的时尚。以后每逢历史上发生大事，便会有相应的铭金勒石之作，人神共鉴的叙事意味在碑碣、钟鼎文章中不绝如缕。即使是在无神论时代，这种传统仍保留了下来。不管是矗立于全国各个城市的形形色色纪念碑，还是为纪念重大事件而铸造的警世钟、回归鼎之类，其铭文的"隐含读者"都包括为相关事业奋斗牺牲的地下英灵。

商周青铜器是一种十分有意思的信息发生体，它身上的诸多功能性因素实现了以铭文为中心的完美协作：青铜器表面的铭文记录信息，青铜质地的载体牢固地保存信息，铭文中的韵语有利于信息的记忆与传播，青铜器的体积与造型令人于崇畏中产生深刻印象，其图案花纹又予人美感并与韵语相得益彰，同时还承担着通灵的使命。这一切配合得如此和谐，堪称浑融一体天衣无缝。由于各种功能性因素介入叙事，介入对所铭之事的信息通讯，整个青铜器成了一部超级文本，阅读因而不仅指向铭文，同时亦指向辅助叙事的非文字因素。在青铜这种特殊的载体上，文字叙事与相关因素的有序配合达到了令人惊讶的程度!

从这一意义上说,青铜铭文是我们祖先奉献给人类文明的又一伟大奇迹,对于这种精彩绝伦的艺术创造,迄今为止的研究其实远远不够。

点评:"说给谁听"的这个"谁"不一定都是在生之人,美国总统宣誓就职时手按圣经,就有请神明参与监督的意味。

《山海经》因何成了"小说之祖"?

《山海经》以空间命名,并按"山""海""荒"这样的格局展开述说,却不能算是一部单纯的地理之书。历代目录学家在其分类上不断做翻案文章,其中既有见仁见智的原因,更有时代氛围的影响。

汉朝距巫术时代未远,《汉书·艺文志》将其置入数术略的形法类,使之与《宫宅地形》《相人》和《相六畜》等巫术迷信类书籍并列。隋代正好处在六朝人对山水美的觉醒之后,《隋书·经籍志》遂据《山海经》之荦荦大端,把它改列在史部的地理类。

但到了小说繁荣之后的清初,纪昀又将《山海经》移至《四库全书》子部的小说家类,谥其为"小说之祖"与"小说之最古者",其理由为"书中序述山水,多参以神怪"以及"侈谈神怪,百无一真"。

谈神说怪的古代文献不只《山海经》一部,能被人们看作最早的小说,其中一定隐藏了某种对后世有长远影响的叙事模式。神话时代规模最宏大激烈的行动当属黄帝与蚩尤的战争,《山海经·大荒北经》对这场恶仗有一段直接描写:

  蚩尤作兵伐黄帝,黄帝乃令应龙攻之冀州之野。应龙畜水,蚩尤请风伯雨师,纵大风雨。黄帝乃下天女曰魃,雨止,遂杀蚩尤。魃不得复上,所居不雨。

用普罗普归纳的"功能"来描述这个故事,便是"英雄"(黄帝)与"对手"(蚩尤)之间的战争变成了双方"帮助者"之间的斗法:"英雄"方面派应龙进攻,"对手"请来风伯雨师"纵大风雨","英雄"方面一看不对赶紧搬来女魃"止雨",于是"英雄"一方取得了胜利。

这个故事告诉我们,谁能请到最厉害的"帮助者"谁就能获胜,不过故事也顺带提到"搬救兵"须有代价——"请神容易送神难",黄帝方面后来付出了遭受旱灾的沉重损失。

如此看来,《大荒北经》讲述的是一个搬救兵的故事。《山海经》主体部分形成于先秦时期,叙事传统和其他传统一样有其上游或曰高原部分,处于发端位置的叙事不可避免地会被后人奉为操作的典范和圭臬。

石昌渝在《中国小说源流论》一书中,举出大量材料证明"搬救兵"是一种普遍模式:"采用(这种模式)为局部情节的作品"的有《水浒传》和《西游记》等,"采用(这种模式)为全书情节的作品"则有《封神演义》《平妖传》和《女仙外史》等。[①]《西游记》取经阶段的小故事,都可归纳为"英雄→对手→冲突→帮助者→胜利"这样的"功能"序列,这个序列显示"搬救兵"属于这种故事类型的标配。

---

① 石昌渝:《中国小说源流论》,北京:生活·读书·新知三联书店,1994年,第55—56页。

小时候读《西游记》时总有个疑问：孙悟空大闹天宫时何等英雄，为何到了取经阶段却要上天入地到处去"搬救兵"？现在这个问题不难回答："英雄"请"帮助人"乃是取经故事的常规套路，救兵不来故事不能完结，这就导致"对手"多半只能败在"帮助者"手下——当年孙悟空自己在天宫闹腾，玉皇大帝也是请来佛祖才将其彻底制服，所以孙悟空即便遇到自己能完胜的对手（如黑熊精之类），同样会不远万里去请南海的观音。

点评：远来的和尚会念经，搬来的救兵有克敌制胜的本领，这似乎成了传统叙事中的一种思维定势。

圣诞节是狄更斯发明的吗？

圣诞节是基督教世界的节日，但这个节日在很长时期内只被人们用于安静休息，直到1843年狄更斯出版小说《圣诞颂歌》，书中叙述的家人团聚、赠送礼物、相互祝福和共享盛宴等行为才为人们在实际生活中所效仿，并相沿成习地变成近两百年来西方最为隆重的节日传统。书中人物所用的圣诞节贺语 Merry Christmas 亦非狄更斯首创，但《圣诞颂歌》的出版促进了它的广泛流行——小说问世当年便有商人乘势推出印有这一贺语的圣诞卡，Merry Christmas 随之进入千家万户。

狄更斯讲述的圣诞故事是如此深得人心，以至于有英国小孩担心狄更斯死后圣诞节也会随之而去。把狄更斯说成圣诞节之父并无大错，因为他的想象为西方人过圣诞节提供了行为规范，前面提到的诸多习俗确系他的"发明"。霍布斯鲍姆在《传统的发明》一书中说，西方人引以为例的许多传统至多只能追溯到19世纪的维多利亚时期，苏格兰格子呢和英国王室礼仪远没有人们以为的那样古老。

狄更斯的小说和霍氏的考证告诉我们，传统不但因叙事而传，与传统有关的叙事还经常创造传统或成为传统的替身。传统来自过去,过去的事物大多经受不住时光的磨蚀,今人更多是通过与传统有关的叙事来获悉传统。

巫鸿有文讨论艺术作品的"纪念碑性",借用这一说法,开辟传统的作品就像是后人仰之弥高的纪念碑,被奉为学习的典范与衡量的圭臬。如同伟大的工匠李春因赵州桥而被后人铭记,伟大的故事讲述人也凭借其开创性的作品进入叙事传统,普希金在《纪念碑》一诗中称自己树立了"一座非人工的纪念碑"。

爱德华·希尔斯在《论传统》一书中讨论了传统的神性或曰克里斯玛特质,许多作家和诗人由于故事讲述能力出类拔萃,也被后人视为克里斯玛型即天才型人物。英语中originality(原创性)、genius(天才)和 inspiration(灵感)等词语最初均有神性,即便是在科学思潮兴起之后,西方诗人仍会觉得自己与诗神或前代伟大诗人之间存在特殊联系,视其为灵感来源和精神主宰:18世纪的弥尔顿说自己的作品出自"天上的女诗神"的口授,19世纪的济慈相信莎士比亚是其创作的"主宰者",为此他还经常坐在莎士比亚画像之下写作。

我们古代也有"思之思之,鬼神通之"之类的说法,天才诗人在人们心目中非仙即圣——李白、杜甫和苏轼分别有"谪仙""诗圣"和"坡仙"等美号,少数民族地区传唱《格萨尔》《玛纳斯》的民间天才更被当作"神授艺人"。克里斯玛特质会由时空悬隔而获得增强,在后世的故事讲述人心目中,叙事传统的圣殿上端坐着的都是神祇般的人物,对许多人来说,进入这一不朽的行列构成其创作生命中最大的原动力。

点评:传统虽常常因叙事而传,但能指永远代替不了所指,所以我们不能陷入迷信,不能把指月亮的指头当成月亮本身。

七仙女的故事何以能传到"爪哇国"?

南昌闹市中心的洗马池又名浴仙池,地方志上如此记述:"尝有年少见美女七人,脱彩衣岸侧,浴于池中。年少戏藏其一。诸女浴毕,就衣化白鹤去,独失衣女留。随至年少家,为夫妇,约以三年。还其衣,亦飞去。故又名浴仙池。"此记述与《搜神记》《玄中记》中的"毛衣女""女雀"故事大体相似,这一类型的故事有个共同名称为羽衣仙女传说,国际学界公认其起源之地为古代中国的豫章地区。

笔者前些年在巴厘岛旅行,在乌布地区的博物馆里看到一幅窥浴图,图中七名仙女在树下的池塘中洗浴,躲在树上名为 RAJA PALA 的男子(一说此人为"国王猎人")用树枝挑起其中一名仙女的衣服,画旁的说明上写着:"男子窃衣是希望她不要飞走,这样他就能娶其为妻,但男子答应仙女为其生子后可返回天界,仙女同意了这一条件。"[①]这幅窥浴图和说明文字,显示羽衣仙女传说也曾传到此地。

巴厘岛位于印度尼西亚爪哇岛的东部,"爪哇国"在我们

---

① 原文为"Raja Pala steals the scarf of one of the heavenly nymphs in the hope that she will not be able to fly back to heaven so he could have her as his wife. She agrees to be his wife with one condition after having his child, Raja Pala will return her scarf"。

古人心目中是不可思议的偏远之地——《水浒传》和《金瓶梅》都有"那怒气早钻过爪哇国去了"之类的表述,那么是什么样的力量能让一则中国故事越过千山万水,飘洋过海来到如此遥远的地方?

动人的故事内容显然是这个故事不断被人传播的重要原因。在所有的民间故事中,羽衣仙女传说或许是最有魅力的一个:美丽的仙女飞临清池解羽沐浴,男子窃得羽衣后与其结婚生子,仙女要回羽衣后飞返天界,伤心的家人踏上了寻亲的旅程……这个故事中的"解羽""窥浴"和"窃衣"等事件具有强烈的戏剧性,"寻亲"一节转喜为悲,既引人同情又包含了许多可能性,很能够撩发人们的兴趣和想象,所以亚洲、欧洲和非洲很多地方都有这个故事的异文在流传。

但我还要补充另一个原因,即人们不会无缘无故地讲述故事,叙事从来都是有目的性的——前面我们提到狄更斯的《圣诞颂歌》,这部作品就是为了纠正缺乏人情的逐利时弊而作。

除了教化与娱乐目的之外,许多故事后面还可发现有某种特殊的动机存在,一些故事之所以会在人群中不胫而走,是因为对它们的讲述能让某些人从中获得利益。这样来看羽衣仙女传说,就会发现它在一些地方的传播,与其中仙女与凡人生育后代的情节不无关联。也就是说,这一情节为某些掌握了话语权的人物,提供了一个神化其血统的自由"接口"。

在羽衣仙女传播之地琉球群岛和日本本土,地方文献上就有关于统治者是"仙女的后裔"的许多记载。日本学者君岛久子在《仙女的后裔——创世神话的始祖传说形态之一》一文中说:"中山王察度乃琉球三山的统一者,在位时期乃琉球历史最辉煌之页,他也是天仙的孩子。"[①]当地人在传播这类故事的同时,不知不觉产生了统治者乃"天命所归"这种印象。

点评:许多神话故事负有维护王权合法性的使命,《诗经·商颂》中的"天命玄鸟,降而生商",也是用美丽的玄鸟羽毛来为商王的血统作装饰。

[①] 君岛久子:《仙女的后裔——创世神话的始祖传说形态之一》,刘刚译,《云南民族学院学报》,1990年第3期。

屈原因何"独怀故宇"?

"独怀故宇",说白了,就是故土之外虽有世界,却不是属于自己的世界。在《楚辞》中,屈原一方面意识到世界之大无所不具——"思九州之博大兮,岂惟是有其女",另一方面又承认自己有点不可理喻——"何所独无芳草兮?尔独怀乎故宇?"对"故宇"的这种情有独钟,与前面提及的乡土情结有关。费孝通在《乡土中国》中说:"向泥土讨生活的人是不能老是移动的。在一个地方出生的就在这地方生长下去,一直到死。"[①]《乡土中国》的英文为 *Earthbound China*,这个标题由人类学家马林诺夫斯基亲自敲定,直译出来便是"绑在土地上的中国"。

受安土重迁意识的支配,我们的古人不大爱讲涉及远方和异域的故事。他们当然也写出了《西游记》《镜花缘》这样的作品,但它们提供的恰恰是反证——唐僧师徒名义上出国到了西天,沿途的风土人情却与中华故土大同小异,唐敖和多九公实际上也未真正出境,他们看到的奇形怪状之人基本上还是《山海经》中怪诞想象的延续,这些都说明抒写路上的风景确实不是古人的强项。

---

① 费孝通:《乡土中国 生育制度》,北京:北京大学出版社,1998年,第21页。

不过也要看到,古代中国人主要是农民,男耕女织的田园生活虽然谈不上有多高品位,但还是能维持基本的衣食自给,这种无需外求的生活导致我们的祖先缺乏对异域的向往与好奇,因此也就较少将目光投向远方。一些学者甚至认为,中国能够一步一步地发展到今天这个规模,很大程度上是因为前人选择了稳扎稳打的发展模式。葛剑雄在《儒家思想与中国疆域的形成》一文中说,中国以农立国,对外没有需求,历代统治者都不主张违背国力和实际需要去搞对外开发和盲目扩张:

> 正因为中国历代都遵循这样的原则,所以中国的疆域并非世界最大,却是基本稳定、逐步扩展的,没有像有些文明古国那样大起大落,它们往往大规模扩张,却很快分裂、消失了,而中国一直存在了下来。①

一时代有一时代之叙事,如果说前人是因农耕文化原因而不爱讲述异域故事,那么这一叙事传统已经不能原封不动地继承。中国打开对外开放的大门始于20世纪70年代末,但在叙事传统的惯性作用下,这半个世纪的故事中仍然缺少外部世界的内容。以标志性的茅盾文学奖获奖作品为例,历届获奖的长篇小说甚少涉及国门之外的事物,作家们更多描绘的还是国门之内的"这边风景"(王蒙获茅奖的小说名为《这边风景》)。

---

① 葛剑雄(讲述),孙永娟(整理):《儒家思想与中国疆域的形成》(下),《文史知识》,2008年第12期。

这样的生产状况显然无法满足当前人民群众日益增长的精神需求，温饱无虞的国人如今已开始向往远方和异域，"诗与远方"成了互联网上的高频词，许多人都在谈论"一场说走就走的旅行"，实现"世界这么大，我想去看看"的愿望。中国文化要想真正"走出去"，一定要摒弃过去那种"外面的世界不是我的世界"的心理。

点评：一个国家如果没有大批视野宏阔、胸怀天下的国民，不可能创造出良好的外部发展环境，而一国之民拥有什么样的视野与胸怀，是否对外部世界抱有强烈的好奇心与浓厚的兴趣，又与其经常倾听什么样的故事不无关系。

张翰为什么想到老家的美食便辞官还乡?

《世说新语》中有段脍炙人口的文字:"张季鹰辟齐王东曹掾,在洛见秋风起,因思吴中菰菜羹、鲈鱼脍,曰:'人生贵得适意尔,何能羁宦数千里以要名爵!'遂命驾便归。"这则记载说的是张翰在秋风初起时想起老家的菰菜羹和鲈鱼脍,立马辞官千里还乡。菰菜羹和鲈鱼脍固然是美味的菜肴,但这里张翰急匆匆地"命驾便归",显然还不只是为了满足口腹之欲,"莼鲈之思"在这里寄寓着他的全部乡愁。

乡愁或曰乡情虽然只是人类需要抒发的情感之一,但在我们这个乡土社会中,人们的各种思虑和牵挂均与其存在千丝万缕的联系,传世作品多有对乡人、乡情、乡景、乡音、乡食和乡味的精彩描写,给人留下深刻难忘的印象。如果要问中国文学中什么气息最浓,人们首先想到的可能是乡土气息;要问古代诗文"抒"的是什么"情",人们首先想到的可能是抒发离愁别恨。

汉民族从某种意义上说是一个乡愁的民族,中国文学史上充满了吟咏"单寒羁旅"之作,古人不管是望月、凭栏、听笛、赏花和观柳,总是会勾起对故乡和亲人的无边思念。《盐铁论》卷七"备胡"对此有生动描述:

> 今山东之戎马甲士戍边郡者,绝殊辽远,身在胡越,心怀老母。老母垂泣,室妇悲恨,推其饥渴,念其寒苦。《诗》云:"昔我往矣,杨柳依依,今我来思,雨雪霏霏。行道迟迟,载渴载饥。我心伤悲,莫之我哀。"

《盐铁论》为辩论记录(郭沫若称之为"对话体的历史小说"),此处对戍卒及其家人的心理书写却近乎抒情。

乡愁一般来说指向人们的生身立命之处,但这种指向并不是完全固定的,同村、同县、同市乃至同省之人都在"老乡见老乡,两眼泪汪汪"之列,而到了远隔重洋的国外,乡愁又可以发散到整个神州。古人将"社稷"作为国家的代名词,"社"为地神,"稷"为谷神,因此国家就是土地庄稼的集合。汉语中"家"与"乡"不仅紧密相连,它们还与"邦""国"等字组成覆盖范围更大的搭配——"乡邦""家国"之类的词语,显示"家""乡"乃是"邦""国"的细胞和基础。

家国情怀之所以被视为优秀传统文化的基本内涵,就是因为有这种把家园和邦国视同一体的认识传统,这种传统使无数小家聚拢成血脉相连的乡邦,无数乡邦汇合为"和合万邦"的华夏。屈原眷恋的"宗邦"只指向楚地,而在后世被其感动的五湖四海读者心中,这个"宗邦"代表的是整个中国。爱国不是一种抽象的情感,它一定要落实到具体的人和物上,对许多作家诗人来说,脚下这片土地上的一人一事、一草一木都是家乡和祖国的符号和化身,这些对象的吟咏者因此也往往被视为爱国诗人。

点评：讨论抒情问题有助于拓宽叙事传统研究的视野。一味强调叙事，我们的目光就会只盯着小说、前小说和类小说这样的散体文类，实际上诗体作品对叙事发育亦有孳乳之功，中国文学的抒情成分构成其不同于西方文学的重要特色。

您喜欢《泰坦尼克号》的主人公杰克吗?

詹姆斯·卡梅隆导演的电影《泰坦尼克号》风靡全球,您可能忘不了那个经典镜头——莱昂纳多·迪卡普里奥扮演的杰克站在船头,对着前面的大海高喊:"I am the king of the world(我是世界之王)!"当然杰克的浪漫气质和男子汉气概,主要还在于他在故事结尾从容赴死,把生的机会留给自己心爱的女人。

虽说英雄不问出处,研究者对虚构作品中的人物形象还是要追究其来历的。罗伯特·弗尔福德在《叙事的胜利》一书中认为,杰克的文学原型来自19世纪苏格兰作家沃尔特·司各特的《艾凡赫》:

> 1819年,沃尔特·司各特爵士在这里出版了他最具影响力的小说——《艾凡赫》。这本书里的各类人物、姿态和处境世代相传,一直延续到电影《泰坦尼克号》和成千上万类似的栖息之所中。司各特通过《艾凡赫》奠定了此后浪漫故事的形式。与此同时,他也开创了一种看待男子汉气概、英雄主义和社会的方式。[1]

---

[1] 罗伯特·弗尔福德:《叙事的胜利》,李磊译,南京:南京大学出版社,2020年,第175—176页。

《艾凡赫》最早的汉译本名为《撒克逊劫后英雄略》,小说主人公艾凡赫既有英勇无畏的骑士外表,又有丰富细腻的情感世界。这种具有浪漫气质的英雄形象创造出来后大受读者欢迎,与其相似的形象随后在西方各国文学中不断出现,司各特因此成为影响度仅次于莎士比亚的英国作家。

拈出这条人物生成线索,意在说明许多著名的文学形象都有自己的前世今生。在《被忽视的塞万提斯的遗产》一文中,米兰·昆德拉把同类人物在文学史上的出现视作灵魂转世,塞万提斯的堂·吉诃德与卡夫卡《城堡》中的土地测量员在他心目中简直就是同一个人:

> 难道不是堂吉诃德本人,在经历了为时三百年的旅行之后,又乔装成一个土地测量员,回到了那个村庄吗?从前他曾出门寻求自己所选择的历险,可现在,在城堡脚下的那个村庄里,他却一无选择。①

昆德拉此言受了卡洛斯·富恩特斯的启发——后者所说的"造就一个人需要好几次生命"值得细细咀嚼。

生命对个体来说只有一次,个体的花枝上总会有些苞蕾因生命短促而来不及绽放,而种类作为个体的复数形式,能够一次又一次地如济慈所说"由死进入生"(to die into life),这种生命的绵延让那些过早萎靡的苞蕾有了重新绽放的可能。

---

① 米兰·昆德拉:《被忽视的塞万提斯的遗产》,载米兰·昆德拉:《小说的艺术》,唐晓渡译,北京:作家出版社,1993年,第9页。

类似情况也见于中国古代文学史。《战国策》中的陈轸可以说是《三国演义》中诸葛亮形象的先驱,罗贯中正是汲取了塑造这种军师型形象的历史智慧,才能将智术过人的孔明刻画得那么成功。同样,《吕氏春秋》(《离俗览·举难》)中的齐桓公,也为描写刘备等求贤若渴的人主型形象铺平了道路。

对事件的叙述也是如此,先秦叙事几乎涉及了冷兵器战争的全部可能行动,所以孙绿怡会在《〈左传〉与中国古典小说》中说,《三国演义》对空城计、连环计、围点打援、设伏诱敌等兵法的描写皆脱胎于《左传》。①

点评:文学形象的塑造有时会以世代接力的方式进行,杰克之所以被看成是艾凡赫的转世灵童,与叙事策略的薪火相传大有关系。

---

① 孙绿怡:《〈左传〉与中国古典小说》,北京:北京大学出版社,1992年,第134页。

古代小说的结构"皆甚可议"吗?

陈寅恪在《论〈再生缘〉》一文中,对古代小说有过相当严厉和直白的批评:

> 至于吾国小说,则其结构远不如西洋小说之精密。在欧洲小说未经翻译为中文以前,凡吾国著名之小说,如水浒传、石头记与儒林外史等书,其结构皆甚可议。①

小说研究虽非陈寅恪的主业,但他对中国叙事形式的关注,与鲁迅、胡适等人相比不遑多让。引文中"(吾国小说)结构远不如西洋小说之精密"和"其结构皆甚可议"等语,可以说把《红楼梦》等小说经典统统扫倒在地。

胡适对此也有与陈寅恪相似的批评,他在《五十年来中国之文学》一文中说"这一千年的小说里,差不多都是没有布局的"。② 中国小说从话本算起也不过一千来年,胡适此语的打击面也不可谓不宽。鲁迅没有把话说得这么决绝,但其《中国小说史略》对《儒林外史》亦有"全书无主干"③这样的论

---

① 陈寅恪:《论〈再生缘〉》,载陈寅恪:《寒柳堂集》,北京:生活·读书·新知三联书店,2001年,第67—68页。
② 胡适:《五十年来中国之文学》,载《胡适古典文学研究论集》(上册),上海:上海古籍出版社,2013年,第128页。
③ 鲁迅:《中国小说史略》,载《鲁迅全集》(第九卷),北京:人民文学出版社,1981年,第221页。

断,可以看出他的小说结构观也与陈胡二人相近。

所谓"无主干"或"结构皆甚可议",主要指小说看上去像是一系列独立片断的"连缀",也就是胡适说的"这里开一个菊花诗社,那里开一个秋海棠诗社;今回老太太做生日,下回薛姑娘做生日"。①

浦安迪在《中国叙事学》一书中如此归纳西方汉学家的意见:"中国明清长篇章回小说在'外形'上的致命弱点,在于它的'缀段性'(episodic),一段一段的故事,形如散沙,缺乏西方novel那种'头、身、尾'一以贯之的有机结构,因而也就缺乏所谓的整体感。"②

"缀段性"(episodic)又译"穿插式",亚里士多德(又译"亚理斯多德")在《诗学》中对其有过差评:"在简单的情节与行动中,以'穿插式'为最劣。所谓'穿插式的情节',指各穿插的承接见不出可然的或必然的联系。"③

不难看出,以上对中国小说结构的批评正是以亚里士多德的论述为依据。然而"缀段性"情节是否真的"见不出可然的或必然的联系",或者把问题提到更高的层面上来,小说中是要"见出"这种联系还是让其隐藏得更深一些,似有认真商榷的必要。"散沙"之类讥评让人感觉到判断者只关心浮于表面、一望而知的事件关联,而不注重小说中有如草蛇灰线

---

① 胡适:《五十年来中国之文学》,载《胡适古典文学研究论集》(上册),上海:上海古籍出版社,2013年,第129页。
② 浦安迪讲演:《中国叙事学》,北京:北京大学出版社,1996年版,第56页。
③ 亚理斯多德:《诗学》,罗念生译,北京:人民文学出版社,1962年,第31页。

般的隐性脉络。

金圣叹在解释"草蛇灰线法"时说:"骤看之,有如无物,及至细寻,其中便有一条线索,拽之通体俱动。"张竹坡等人的评点致力于揭示这种脉络的存在,让读者看到它们实际上构成另一种意义上的叙事结构。

文学艺术的每种样式都有自己的特殊性,亚里士多德的看法是就古希腊戏剧而发,那时许多叙事样式还未诞生,他所反感的"穿插式"未见得不能运用于未来。时下欧美的电视连续剧每集都叙述一个相对独立的小故事,以此连缀全篇。看到这一点,便会发现我们的"缀段性"叙事传统并非一无可取。

点评:西方文化以视为知,要求事件之间保持显性的紧密联接;中国文化相对更注重听觉,认为事件联接可以像"草蛇灰线"那样虚虚实实断断续续。据此而言中西叙事结构各有其美,在这方面不存在什么高下之别。

为什么古人喜欢用史家的标准来衡量小说?

史官文化先行是中国文化的一个重要特征,先秦之后文史虽然分道扬镳,但在许多人心目中,《春秋》和"春秋笔法"仍然是衡量一切叙事的标准。

将某部小说比之为《春秋》,乃是对其叙事水平的最大赞誉。戚蓼生《〈石头记〉序》称《红楼梦》"如《春秋》之有微词,史家之多曲笔",就是此类评论的典型。司马迁的《史记》与班固的《汉书》出来之后,"史迁""班马"之类又成了叙事高手的代名词,韩愈的《毛颖传》本为虚构游戏之作,李肇却誉之为"其文尤高,不下史迁。二篇(加上沈既济的《枕中记》)真良史才也",白居易也用"立词措意,有班马之风"形容韩愈的笔力雄健。

如此看来,古人所说的"史才""史笔"并非专指修史才能,而"六经皆史"在一定意义上也可理解为"六经"之中皆有叙事——不管是什么样的叙事。古人对虚构与非虚构的区别其实并不执着,他们或许早就察觉到了叙事的"跨文类"性质。

前面提到的编年体与纪传体虽属史体,对稗体的影响却是不言而喻的。在史稗界限模糊的时代,人们对稗体的认识往往难以脱出"以史观稗"的窠臼,这种认识通过小说评论和其他方式逐渐影响到全民族的接受习惯。

金圣叹在《读第五才子书法》中说:"《水浒传》一个人出来,分明便是一篇列传。"他在《水浒传》第三十三回评点中又说:"稗官固效古史氏法也,虽一部,前后必有数篇,一篇之中,凡有数事,然但有一人,必为立传,若有十人,必为十人立传,夫人必立传,史氏一定之例也。"张竹坡在《批评第一奇书金瓶梅读法》中说:"《史记》中有年表,《金瓶》中亦有时日也。"冯镇峦在《读聊斋杂说》中说:"此书即史家列传体也。"《海上花列传》的作者韩邦庆(花也怜侬)在该书例言中将长篇小说称为"合传之体",并称"写一人而无结局,挂漏也;叙一事而无收场,亦挂漏也"。

"史在稗先"的历史原因导致了"稗承史体"。"脱史入稗后"的短篇传奇之类多记"一人一事之本末",这样的形式比较接近纪传体。编年体在长篇小说中仍有用武之地,因为它的故事时间一般持续较长,采用"依时而述"的办法可以保持叙述的连贯与结构的稳定,章回体的划分叙述单元还令人想起史传中"某公某年"的分年布事。

大致说来,《三国演义》和《红楼梦》比较接近编年体;《儒林外史》《官场现形记》比较接近纪传体;二体并存的有《水浒传》与《西游记》——梁山好汉聚义前为纪传体,唐僧师徒西行取经后则为编年体。数体并存乃至相互融合似乎是长篇小说结构演进的趋势:在"依时而述"的总体框架中缀以关键人物的"列传",看来是发挥编年体与纪传体二者之长的最佳组合;如果有必要,"依时而述"中也可与"依地而述"适当结合,《三国演义》的历时框架下便有"依地而述"的子框架。

点评:古人做得多说得少,对于叙事作品的体制框架,他们主要是通过叙事实践来进行探索,我们应该从这些探索中总结他们的思想与经验。

您能背出普希金的爱情诗《我爱过您》吗？

普希金这首诗只有八行，年轻时我和一些爱好诗歌的朋友在聊天时会背诵它，记得有人还能用抑扬顿挫的俄语诵读原文。不过那时大多数人读的是戈宝权的译文，后来我们才知道高骅、徐黎明的翻译在形式上更忠实于原文的韵律结构：

> 我爱过您：也许爱情，
> 在我心中还没有完全消失；
> 但愿它不再烦扰您；
> 我一点也不想使您伤心。
> 我爱过您，无言而绝望地，
> 时而胆怯，时而嫉妒，忍受着折磨，
> 我爱过您，如此真挚，如此温存，
> 愿您也如此被别人所爱。[①]

这首诗从内容上说是一段直抒胸臆的口语式独白，俄国形式主义者认为其魅力主要来自头语重叠与句法排偶。头语重叠指"我爱过您"这一"头语"在诗中三次出现，它分别导

[①] 译文见高骅、徐黎明翻译的维克托·日尔蒙斯基《诗的旋律构造》一文，载《俄国形式主义文论选》，方珊等译，北京：生活·读书·新知三联书店，1989年，第334—335页。

引出诗人情感的三层内蕴:1.此爱犹未熄,只是不愿意再去烦扰您;2.此爱未表白,只让我自己独自受折磨;3.此爱最真挚,只愿您找到爱您如我者。句法排偶指诗中的"时而胆怯,时而妒嫉""如此真挚,如此温存"等对称性句式。经过这种一波三折的复沓歌咏,诗人倾诉了心中难以割舍的旧情,将欲燃未燃的旧爱之火描摹得淋漓尽致。

可以看出,缠绵悱恻的情感一经纳入重叠与排偶的形式,便产生出很强的秩序感与韵律感,因此决定该诗之美的应为全诗的韵律结构。

三叠式结构并非首见于普希金的诗歌,它在俄罗斯文学传统中几乎是一种司空见惯的存在。日尔蒙斯基在《抒情诗的结构》一文中说,俄罗斯民间叙事总是分三次讲述青年、中年和老年勇士的出征,这种重复性的表达影响到诗歌,便成为韵律与句法上的一唱三叹。[1]

什克洛夫斯基发现小说中也有为民众喜爱的排偶结构,他在《故事和小说的结构》一文中称其为"对称法"或"梯形结构":"小说形成的特殊程序是对称法",对称是"事物藉自身的反映和对照而一分为二、一分为三"。[2] 他认为托尔斯泰在小说《三死》中"相当朴素地创立了对称法",因为其中写了贵妇人之死、农夫之死与树木之死,诸如此类的还有《霍尔斯托

---

[1] 维克托·日尔蒙斯基:《抒情诗的结构》,徐黎明译,载《俄国形式主义文论选》,方珊等译,北京:生活·读书·新知三联书店,1989年,第269—270页。

[2] 维克托·什克洛夫斯基:《故事和小说的结构》,方珊译,载《俄国形式主义文论选》,方珊等译,北京:生活·读书·新知三联书店,1989年,第20页。

密尔》中"人与马"的对称,《两个骠骑兵》中两名军人所作所为的对称。他还说托尔斯泰后来的小说中出现了更为复杂的对称法——"出场人物彼此对称,或者一群出场人物同另一群人物对称",如《战争与和平》中拿破仑与库图佐夫对称,彼尔与安德烈对称(罗斯托夫则为两人的坐标),以及《安娜·卡列尼娜》中安娜、渥伦斯基一群人与列文、吉提一群人的对称。

构成形式与结构的当然不是只有重叠、对称与排偶,以上举述只想说明俄罗斯文学传统中有一种源自民间的结构意识与形式自觉,这是20世纪初年俄国形式主义文论得以产生的文化土壤。由此我们会明白,为什么与形式主义运动关系密切的普罗普会成为归纳故事结构规律的第一人。

点评:欲知叙事学,不可不知其源头之一俄国形式主义。有兴趣的读者可读一下形式主义者托马舍夫斯基的八万字长文《主题》,其中叙事学的重要范畴如叙述者、叙述角度、叙述层次、叙述次序、叙述语调、故事结构、故事框架和人物功能等几乎都有涉及。

"蟠蛇章法"和蛇有关吗?

钱锺书《管锥编》称"蟠蛇章法""其形如环,自身回转","类蛇之自衔其尾"。该词原文为 La composition—serpent,柯勒律治在一封书信中说"所有的叙述"都遵循这种章法:

> 所有的叙述的共同之处,不,所有诗歌的共同之处……都在于使所叙述的事件……在我们理解中呈现出圆周运动之势——犹如一条蛇衔住自己的尾巴。①

有趣的是,无论是西方还是中国,都用一条"自衔其尾"的蛇来形容此种章法。柯勒律治之言,与我国古代陈善《扪虱新话》中的表述何其相似乃尔:

> 恒温见《八阵图》,曰:"此常山蛇势也。击其首则尾应,击其尾则首应,击其中则首尾俱应。"予谓此非特兵法,亦文章法也。文章亦应宛转回复,首尾俱应,乃为尽善。

说得更清楚一些:所谓"蟠蛇章法",就是让讲述在读者心中直接留下或间接暗示出一个圆形的运行轨迹。既然是

---

① "The common of all narrative, nay, of all poems is…to make those events …assume to our Understandings of a Circular motion—the Snake with its Tail in its Mouth." Coleridge, *Collected Letters*, ed. E. L. Griggs, III, 545, to Cottle.

圆形运动,必然要围绕着圆心进行,所以这个结构具有强烈的向心性。又因为这是一个近乎封闭状的圆形,讲述者须注意前后呼应和衔接榫合,以实现古人常说的"端末钩接"或"结局与开场复合"。

向心式结构最容易与"蟠蛇章法"结缘。在这种结构中,叙述本身就在划出圆弧状的运动轨迹,如果作者再主动使这种弧度更加弯曲,使叙述的结束向开端处靠拢,那么"首尾俱应"的效果便跃然而出。莫泊桑的短篇《项链》以项链为中心,其叙述章法似乎也摹仿了圆圈状项链的结构形态:结尾时久别的人物重又上场,过去的事件重新被提及,故事主人公也将回到其最初的生活位置与性格状态中去。巴尔扎克《高老头》第一章"伏盖公寓"属于环境和人物介绍,第二章才正式叙述事件,第一句话便是拉斯蒂涅去访问高老头的大女儿,而小说最后一章的最后一句话又是拉斯蒂涅去访问高老头的二女儿,这也绘出了一个周而复始的运动轨迹。

与向心式结构相对的是发散式结构,这种结构同样可以采用"蟠蛇章法"。

《儒林外史》中那些"事与其来俱起,亦与其去俱讫"(鲁迅语)的走马灯式叙述,表面看像是排出了一长串各不相干的小故事,实际上它们大多数是在显示儒林中的"礼崩乐坏"——士大夫应有的精神追求遭受庸俗社会的污染。小说还有少数故事表现"礼失而求诸野",其意为维系我们这个民族的礼乐文明还可从民间与基层找回。小说第一个故事写画荷花的王冕,最后一个故事关于焚香烹茶的于老者与奏高山流水的荆元,这些人同是灵魂未受侵蚀的欹崎磊落之士,他们都能以艺术家的脱俗气质傲视社会。这一头一尾两个故事如此相似,且又与大多数其他故事迥然不同,自然使人产生叙述复归于原处的印象。

点评:将画荷花与焚香烹茶放在一头一尾,表明作者对"礼失而求诸野"仍有信心。如果反过来将匡超人、牛浦郎两人放在故事两端,那么即使作者在中间增加许多正面人物故事,《儒林外史》也会变为一曲对中华文明的挽歌。

四、讲述

"太史公曰"是司马迁在说话吗?

《史记》中处处可见以"太史公曰"名义所发的议论,这当然可以理解为司马迁在说话。不过,如果仔细读《史记》最后的《太史公自序》,就会发现司马迁笔下的"太史公"最初指他父亲司马谈——"太史公既掌天官,不治民,有子曰迁",《自序》中还提到"太史公执迁(按,即司马迁)手而泣曰:'……余死,汝必为太史;为太史,无忘吾所欲著矣'"。直到"迁为太史令"之后,《自序》中的"太史公"才变成司马迁自己。

由此我们知道,"太史公"更多指担任太史令职务的这个人,并不是司马迁本人的专称。这样来看"太史公曰",我们可以将相关过程描述为"作为真实作者的司马迁"通过"作为隐含作者的司马迁"(按即意识到自己史官身份的太史令司马迁),进入到"太史公"这一叙述者角色。以"太史公"身份发出的声音,不可避免地会受到职业史官立场、观点和态度的影响,说通俗或夸张点就是要"打官腔"(史官之官,此处无贬义)。如此说来,"太史公曰"并不全等于"司马迁说",仔细体察两者之间的微妙差异,正是阅读带来的乐趣之一。

　　述史后发表议论的做法并非司马迁首创,先秦时代的史著《左传》《国语》已开其端。以《左传》为例,"孔子曰""仲尼曰"出现了22次,"君子曰""君子谓"出现了65次,这些数字表明每记三年史事便要安排孔子、君子之类的人物出来感慨一番。议论者中还有不是太出名的,如《左传》襄公十年便以"孔成子"之话作结。

　　"孔子曰""仲尼曰"有的可能真是圣人之言(如昭公二十年的"及子产卒,仲尼闻之,出涕曰:'古之遗爱也'"),但也可能出于传闻附会,更有可能是左氏"拉大旗作虎皮"。"君子曰""君子谓"则可以理解为"姑隐其名"的引述,作用在于揭示事件的意义,表达某种倾向或判断,达到指导阅读的目的。

　　"君子曰"在后世史著和小说上都留下了印痕。《资治通鉴》中有"光曰"(司马光曰),纪传体史书附在人物传记后面的"传赞"其实也是作者的评论。小说方面则有李公佐《谢小娥传》的"君子曰"、皇甫枚《三水小牍》的"三水人曰"与《聊斋志异》的"异史氏曰"等。再往深里说,"君子曰""太史公曰"开启了中国古代叙事的"卒章显志"模式,无论是作者还是读者都接受了这样一种思维定势:讲完故事后倘若不安排有形无形的"君子"出来评说一番,这样的叙事似乎便不完整。《红楼梦》《三国演义》《儒林外史》等小说,都是在这样的评说中结束全文。

古人一贯重视社会舆论,"君子曰"听起来像是发自一个由智者贤人组成的群体。赵毅衡在《意义标准:探索社群与解释社群》一文中认为,"解释社群"这一概念既摆脱了作者意向,也摆脱了"文本意义"的绝对地位,笔者以为"君子曰"似可理解为朝这个方向所作的努力,当然实际上这还是捉笔人在为"解释社群"代言。

点评:韦恩·布斯以戴不戴面具来形容真实作者与隐含作者之间的区别,他的意思是面具(即身份)对议论还是有很大影响的。

说话人的口吻为什么变了？

我喜欢听北京小曲《探清水河》，那里面有我同辈人都会哼的"提起那松老三，两口子卖大烟"。小曲用一句"在其位的明哪公，细听我来言呐"，开始了对大莲和六儿恋爱故事的讲述，然而当讲述到大莲对六儿有意时，唱曲人悄悄换成了大莲的口吻——"日思夜想的六哥哥，来到了我的门前呐"，而当说到大莲跳河之后六儿来吊唁，口吻又变成是"六哥哥"的心声："亲人呐你死都是为了我，大莲慢点儿走，等等六哥哥。"

人称是故事讲述人用来征服听众的利器。莫言《红高粱》采用第一人称，故事发生时"我"远未出世，"我父亲这个土匪种"也还只是个孩子，因此"我"是绝对不可能进入故事世界中的，但因为叙述者张口闭口"我"呀"我"的，给人错觉是一切"我"都亲睹亲闻，这就大大增加了听众对故事讲述人的信服度，也拉近了真实世界与故事世界之间的距离。

演唱《探清水河》的民间艺人为什么会用"我"来指代某个具体人物，也是为了让人产生亲聆亲睹般的感觉。讲故事行为发端于人们讲述自己的见闻，因此以"我"的口吻和视角来展现故事，在接受者那里永远是一种既自然又亲切的叙事方式。

还要看到，人称的变换有时是表现人物的复杂心理。林黛玉在《葬花吟》中既是"手把花锄"的"闺中女儿"，又时时以被"风刀霜剑严相逼"的花枝自况，这就导致其意识在两者之间来回切换，形成两种自我（所谓主格的"I"与宾格的"me"）之间的对话，"奴""侬""尔"等人称的交替使用更令叙事主体的声音呈现出微妙的复调效果。

陀思妥耶夫斯基《罪与罚》中，在"杀还是不杀"问题上犹豫的拉斯柯尔尼科夫也是这样把自我的一部分当作"你"——巴赫金在《陀思妥耶夫斯基诗学问题》一书中注意到，这个人物的大段独白中"常用'你'字，就像对别人一样"。① 巴赫金还这样评论陀氏《白痴》的女主人公："娜斯塔西娅·菲利波夫娜的声音分裂为两种声音，一是认为她有罪，是'堕落的女人'，一是为她开脱，肯定她。她的话里到处是这两种声音的交锋结合，时而这个声音占上风，时而那个声音占上风。"②

称自己为"你"是谵妄症候的一种表现，人物如果不是处在这种濒于分裂的精神状态，不会毫无保留地向人倾吐自己胸中隐藏至深的焦虑与块垒。

不过心理强大者决不会把自己当作别人，《世说新语·品藻》有一则这样的记述："桓公少与殷侯齐名，常有竞心。桓问殷：'卿何如我？'殷云：'我与我周旋久，宁作我！'"殷浩与桓温此时分别处在人生的低谷与高峰，但殷浩依然不认输

---

① M.巴赫金：《陀思妥耶夫斯基诗学问题——复调小说理论》，白春仁、顾亚铃译，北京：生活·读书·新知三联书店，1988年，第325页。
② 同上书，第350页。

地向桓温表示宁愿做自己。辛弃疾后来两次化用这句气冲斗牛的话,其《贺新郎》末句为"翁比渠侬人谁好,是我常、与我周旋久。宁作我,一杯酒"。

点评:文本中的"我"很容易被人当成作者本人(其实不一定),许多作者因此更愿意戴上面具躲在幕后,这导致第一人称的使用不像过去那样普遍。

《汤姆·琼斯》中的议论因何不为人看好？

叙事中掺杂议论本是常事，但亨利·菲尔丁《汤姆·琼斯》中的议论却不大被人待见，人们研究这部英国现代小说的奠基之作，多半会忽略这部分内容。这是为什么呢？

杰拉德·普林斯在《叙述学词典》中，将显性叙述者（overt narrator）界定为读者可以明显察觉到的叙述主体，这个类别中又以介入叙述者（intrusive narrator）的声音为最响亮。普林斯接下来明确指出，介入叙述者的声音既可能打动读者，也可能形成对故事讲述的干扰。①

不幸的是，《汤姆·琼斯》中介入叙述者的声音便属于后者。大家知道这部作品主要讲述琼斯和苏菲娅先后离家出走的故事，但小说每卷首章却在喋喋不休地阐发作者的文艺见解和社会观点，说到与叙事相关的问题时更是下笔不能自休。这些离题万里的滔滔宏论确实干扰了故事的讲述，故事讲述和作者议论成了"两张皮"。

相比较而言，我们许多古代小说在讲完故事后会来一段言简意赅的评点，甚至会用诗词歌赋或"后人有番言语"

---

① 杰拉德·普林斯:《叙述学词典》，乔国强、李孝弟译，上海：上海译文出版社，2011年，第108页、第153—154页。

之类来提示题旨,这些起到了很好的画龙点睛作用。韦恩·布斯在《小说修辞学》第七章"可靠议论的运用"中举出大量例子,证明恰当的评说可以与事件的"讲述"或"呈现"相得益彰。

还要把话说得更明白一些,菲尔丁议论的问题主要在"偏"而不在多。小说中长篇大论的评说只要说到点上,不一定都会引起读者的反感。《悲惨世界》第二部以"珂赛特"为名,雨果在其开篇(第一卷)中用了六十多页篇幅对滑铁卢战役大发议论,直到该卷结束才写到一个与珂赛特遭遇相关的人物,这个人物就是虐待珂赛特的德纳第,当时他正在滑铁卢战场的死人堆中贪婪地搜寻财物。雨果的议论为接下来的底层叙事提供了极富信息量的背景烘托,笔者在阅读时丝毫不觉枯燥,这部分内容也可作为前文所述宏大叙事与私人叙事相互配合的范例。

《战争与和平》对俄法战争中各大战役的书写也不全是对各种事件的详细讲述,严肃的历史记述与抽象的哲学讨论不时在读者毫无准备的情况下大段展开,托尔斯泰还经常让叙述者从地面上升到空中,用全知全能的上帝视角来俯瞰故事进程。这部多卷本小说最后竟然出现两个总结:"第一个总结"的前四章全为议论,第五至第十六章才是对故事结局的具体交待;"第二个总结"(共十二章)简直就是一部哲学论著,讨论的对象为历史运动、自由意志与引发各民族冲突的内在力量。尽管这部小说有如此之多的篇幅不像小说,但就此诟病托翁的批评家并没有很多,这说明只要不偏离主题,大多数读者还是承认作者有选择讲述方式的自由。

点评：议论离题是小说大忌，最糟糕的议论当属元稹《莺莺传》中为男主角洗白的那段"张生曰"（"大凡天之所命尤物也，不妖其身，必妖于人……"），这番将责任推给女方的言辞，严重干扰了正文中的叙事。

《了不起的盖茨比》结尾谁在说话？

除了要知道"说给谁听"，还有必要弄清楚"谁在说话"。菲茨杰拉德《了不起的盖茨比》的结尾，盖茨比的朋友尼克来到海滩，回忆盖茨比当初遥望黛西家门前那盏绿灯的情境，慢慢地他的声音变得不像是故事中的人物在说话：

> 盖茨比信奉这盏绿灯，这个一年年在我们眼前渐渐远去的极乐的未来。它从前逃脱了我们的追求，不过那没关系——明天我们跑得更快一些，把胳臂伸得更远一点……总有一天……
>
> 于是我们继续奋力向前，逆水行舟，被不断地向后推，被推入过去。[①]

《了不起的盖茨比》通篇以尼克的视角和口吻讲述故事，这种类型的发声者被叙事学家称为人物叙述者（character narrator），但引文的腔调已经不像是出自尼克之口，我们理解这是原先躲在幕后的隐含作者（implied author）走到了前台，从尼克手里一把夺过了话筒，因此才有这番被人们啧啧称道的"变徵之声"。

[①] 菲茨杰拉德：《了不起的盖茨比》，巫宁坤译，载《菲茨杰拉德小说选》，上海：上海译文出版社，1983年，第169页。

按照撒缪尔·查特曼《故事与话语》中的定义,叙述流程是从暗含作者开始,经过叙述者、受述者而到达暗含读者的一个过程,真实作者(real author)与真实读者(real reader)分别处在这过程之外的两头。为了不让行文变得太复杂,我们不妨就说尼克的话筒被作者抢了。

小说中还有一处可以听到尼克声音的变调。那是车祸事件后黛西夫妇合谋将开车轧死人的罪责推到盖茨比头上,盖茨比毫不犹豫替黛西背了这口黑锅,出于担心他还在黛西窗下守望了一夜。故事讲述到此处,尼克脱口而出对盖茨比喊了一声:

"他们(按指黛西夫妇等人)是一帮混蛋,他们那一大帮子都放在一堆还比不上你。"

我后来一直很高兴我说了那句话。那是我对他说过的唯一的好话,因为我是彻头彻尾不赞成他的。[1]

尼克在故事中既是黛西的远亲又是黛西丈夫汤姆的同学,而盖茨比不过是他搬家后认识未久的邻居,从"彻头彻尾不赞成"盖茨比的尼克嘴里冒出这句话,显然是为了传达作者本人对盖茨比人品的认可。盖茨比从表面上看是一个从事非法勾当的暴发户,小说标题却显示他是一个"了不起的"(great)人物,他身上难能可贵地保留了一种耽于梦想、一往情深的浪漫气质。

---

[1] 菲茨杰拉德:《了不起的盖茨比》,巫宁坤译,载《菲茨杰拉德小说选》,上海:上海译文出版社,1983年,第144页。

作者抢话筒的另一个著名例子是哈代《德伯家的苔丝》的结尾。此前叙述者对所述之事基本上无动于衷,但在说到苔丝在古代祭坛的遗址上被捕以及随后被处以死刑时,一段悲愤之辞猝不及防地跃入读者眼帘:

> "典刑"明正了,埃斯库罗斯所说的那个众神的主宰对于苔丝的戏弄也完结了。德伯家那些武士和夫人却长眠于地下,一无所知。①

明眼人能够看出,小说原先用祭坛、石柱之类的象征性事物,来暗喻古老武士的末代子孙已被献祭于神明,但作者最后还是按捺不住,自己跳出来挑明小说的主题。

点评:叙述者的声音如果在音调、语气或口吻上发生了某种毋庸置疑的变异,我们便可判定"话外有音","谁在说话"的问题即是针对这种情况提出。

---

① 哈代:《德伯家的苔丝》,张谷若译,北京:人民文学出版社,1957年,第538页。

孔乙己是不是真的死了？

鲁迅《孔乙己》用的是限知视角。人物叙述者"我"在咸亨酒店内职掌温酒，不能离开那张曲尺形的大柜台，他对孔乙己在店外的活动只能耳闻而不能目睹，话也因此说得模模糊糊——"我到现在终于没有见——大约孔乙己的确死了"。① 与这种"有所不知"相反，《阿Q正传》中对阿Q之死的叙述却是斩钉截铁般的"无所不知"，因为小说采用的是全知视角，叙述者既从内部透视了阿Q死前那一刹那的感觉——"两眼发黑，耳朵里嗡的一声"，又居高临下地观察到城里人看阿Q挨枪子的反应——"那是怎样的一个可笑的死囚啊"。②

如此说来，如果鲁迅当年还想为《孔乙己》写个续篇，他在续篇开头完全可以说咸亨酒店的小伙计所述不确，孔乙己其实并没有死，由此引出另一个故事。然而，要续写《阿Q正传》就不那么容易了，要让一个众目睽睽之下被枪毙的人活过来，除非引入有悖现实主义叙事原则的灵异手段，但亚里士多德早就提醒过"情节中不应有不近情理之事"。③

---

① 鲁迅：《呐喊·阿Q正传》，载《鲁迅全集》（第1卷），北京：人民文学出版社，1981年，第526—527页。

② 鲁迅：《呐喊·孔乙己》，载《鲁迅全集》（第1卷），北京：人民文学出版社，1981年，第438页。

③ 亚理斯多德：《诗学》，罗念生译，北京：人民文学出版社，1962年，第50页。

认知在叙述话语中有明显流露。全知视角中,叙述者不受故事中"虚构的世界"的粘连,他可以穿越一切时空障碍进行观察和讲述,做到"无所不至"和"无时不至",因此,受这种视角影响的叙述是近乎"无所不知"的。而在限知视角中,叙述者身陷"虚构的世界"之内,他必须遵循这个世界的逻辑规律,行动也就不能随心所欲,在这种存在盲区的视角影响之下,叙述话语常常表现出"有所不知"。《孔乙己》中的小伙计走不出那张曲尺形的大柜台,所以他会在"孔乙己的确死了"之前加上"大约"为自己留下退路。

叙事从本质上说是一种信息传播,不管是最早的故事讲述人还是如今各类叙事作品的作者,对"虚构的世界"中的一切应该是"无所不知"的。然而,为什么有些叙述者"无所不知"而另外一些"有所不知"呢?

这是因为叙事毕竟不是一种简单的信息传播,不同的讲故事方式会造成不同的接受效果。"无所不知"的叙述旨在向阅读方面提供所有必要的信息,让读者产生一种完全信赖的心理。在叙述中流露出"无所不知",等于提醒读者不必怀疑话语的可靠性。然而,叙述若总是显得那么全知全能,反而又会不利于读者的接受——我们有时候更相信身边视野有限的凡人,对全知全能的上帝声音常怀抵触情绪。在这种情况下,"有所不知"的叙述就有了存在的必要。

当作者采用或切换成限知视角时,叙述者就会流露出像咸亨酒店小伙计那样的"有所不知",这种流露使话语显得自然和亲切,让读者觉得不是面对一位俯瞰万物的造物主,而是在与一个和自己一样有局限性的人在打交道。阅读动力在这种情况下会有所增强,读者会开动脑筋,或用想象补足叙述者"有所不知"的部分,或从不那么确切肯定的话语中推断、过滤出作者真正要传递的信息。

点评:叙述者不必总是显得比读者更聪明,"有所不知"的话语之所以会产生耐人咀嚼的效果,原因就在于能唤起读者深入解读文本的冲动。

哈克是坏孩子吗?

马克·吐温《哈克贝利·费恩历险记》采用流浪儿哈克自述的口吻,哈克因帮助黑奴逃跑而觉得自己十恶不赦,他总是絮絮叨叨地说自己"太没良心"和"太不要脸",后来甚至还给华森小姐写了一封告密信,不过在最后关头他还是把这封信给撕了:

> 我琢磨了一会儿,好像连气都不敢出似的,随后才对自己说:"好吧,那么,下地狱就下地狱吧,"——接着我就一下子把它扯掉了。起这种念头,说这种话,都是糟糕的事儿,可是这句话还是说出来了。我还真是说就算数;从此以后就再也不打算改邪归正了。我把这桩事情整个儿丢在脑后,干脆打定主意再走邪路,这才合乎我的身份。①

哈克当然不是"打定主意再走邪路"的坏孩子,他只是不知道帮黑奴逃跑实际上是桩善举。韦恩·布斯在《小说修辞学》中指出,远近不等的"距离"(主要就思想、道德和伦理等而言)存在于真实作者、隐含作者、叙述者、人物和读者之间,

---

① 马克·吐温:《哈克贝利·费恩历险记》,张友松等译,南昌:百花洲文艺出版社,1992年,第273页。

当作者选择了一个不完全代表自己的声音来讲述故事时,所发送的信息就会出现作者有意为之的含混(ambiguity),令话语平添几分饶有深意的反讽色彩。①

距离控制和不可靠叙述如今已成了西方后经典叙事学的热门话题,A. F. 纽宁如此评论:"自从韦恩·布斯首次提出'不可靠叙述者'以来,这个概念一直被看作文本分析中不可或缺的基本范畴之一。"②

按照布斯的见解,由于叙事艺术的进步,小说中的叙述者变得越来越不可信,因此现代人需要提高阅读本领,以便穿透种种不可靠的叙述,聆听到隐藏在文本中的真正声音。仍以哈克为例,他觉得自己"早晚要下地狱",小说一直在用这种"下地狱就下地狱吧"的口气在说话,但有经验的读者听起来却句句是反讽,他们能够听出隐藏在不可靠叙述后面的真正声音,那是隐含作者在提醒读者别把哈克的话当真——哈克越是觉得自己该下地狱,就越发显得他是一个真正有良心的好孩子。

在《哈克贝利·费恩历险记》问世之前,马克·吐温已经出版过一部以少年为主角的长篇小说,这就是《汤姆·莎耶历险记》。这本书也是马克·吐温的代表作之一,但《哈克贝利·费恩历险记》取得的成就显然更高——海明威甚至说

---

① W. C. 布斯:《小说修辞学》,华明等译,北京:北京大学出版社,1987年,第175—183页。

② 安斯加·F. 纽宁:《重构"不可靠叙述"概念:认知方法与修辞方法的综合》,马海良译,载詹姆斯·费伦、彼得 J. 拉比诺维茨(主编):《当代叙事理论指南》,申丹等译,北京大学出版社,2007年版,第81页。

"马克·吐温的一本小说《哈克贝利·费恩历险记》是美国一切现代文学之源。"①福克纳和 T. S. 艾略特等人也发表过类似意见。《汤姆·莎耶历险记》和《哈克贝利·费恩历险记》分别使用的是全知视角和限知视角,一些批评家认为这是后者比前者更胜一筹的原因。全知视角展开的世界一览无余,而当人物叙述者通过限知视角作出观察和评说时,一种令人忍俊不禁的反讽效果便出现了——哈克的话和他背后的声音形成有趣的冲突,布斯把这种情形说成"叙述者声称要自然而然地变邪恶,而作者却在他身后默不做声地赞扬他的美德"。②

点评:本篇讨论的"距离"不仅存在于隐含作者与叙述者之间,甚至还可能存在于真实作者与隐含作者之间——保皇派巴尔扎克在小说中便常站在共和主义者一边。

---

① 克里夫顿·费迪曼、约翰·S.梅杰:《一生的读书计划》,马骏娥译,南京:译林出版社,2018年,第235页。
② W.C.布斯:《小说修辞学》,华明等译,北京:北京大学出版社,1987年,第179页。

大卫是如何被茶房骗吃午餐的?

狄更斯《大卫·科波菲尔》有个精彩片断,那是狡猾的茶房骗吃了"我"(少年大卫)的午餐,我们来看看"我"对以下四个过程所作的叙述:

1. 茶房宣布此前有客人喝麦酒后暴毙,不过他可以替大卫分忧。"我很欢迎他喝……但是那东西并不于他有害。正相反,我觉得他喝过之后似乎更加精神了。"

2. 喝酒须有下酒物,茶房因此"一手拿起一块排骨,一手拿起一个马铃薯,津津有味地吃下去,使我极端满意"。

3. 茶房接着发起吃布丁比赛,"他的羹匙对我的茶匙,他的速度对我的速度,他的饭量对我的饭量,从第一口起我就被远远地抛在后头"。

4. 结账时茶房哭穷,"我把三个亮先令中的一个给了他,他很谦卑、很有礼地受下来,随后立刻用他的搓拈,试验真假"。

以上文字引号内为原文,主要是"我"对事件的报道、读解或判断。詹姆斯·费伦在《威茅斯经验:同故事叙述、不可靠性、伦理与〈人约黄昏时〉》一文中对不可靠叙述作了精细划分,指出不可靠叙述涉及报道、读解和评价三个方面:报道对应"事实/事件轴",读解对应"知识/感知轴",评价则对应"伦理/评价轴"。文章还使用了"不充分"这一概念,所谓"不充分"是对"不可靠"的修正或补充,因为有些报道、读解和评价不是完全不可靠,而是不那么可靠或不那么准确。[①]

让我们把这些概念付诸检验。大卫的叙述从总体上说是靠不住的,但引文中那些内容又显示,大卫的报道、读解和评价并非完全不可靠,用不够准确或不够充分来形容或许更为合适。

过程1中他相信茶房喝酒是为自己分忧,同时又注意到喝了酒的茶房"更加精神";过程2中茶房喝酒后吃菜的动作使他"极端满意",但他也看到茶房连续享用了多块排骨和多个马铃薯;过程3中他承认茶房是在和他比赛吃甜点,不过又未讳言这场比赛的不公平性质;过程4中他报道了茶房收小费时的礼数周全,但其"搓拈"钱币的市侩动作也映入了他的眼帘。

由此我们看到,不可靠叙述如果完全不露破绽,不能引起读者的察觉和思考,当然也就产生不了逗乐般的反讽效果。过程4之后实际上还有一个尾声,那是离店时大卫发现人们都在嘲笑他把所有的午餐都吃了,而"那个茶房,已经完全恢复常态,看样子并不为这个难过,反而一点也不难为情

---

① 詹姆斯·费伦、玛丽·帕特里夏·玛汀:《威茅斯经验:同故事叙述、不可靠性、伦理与〈人约黄昏时〉》,载戴卫·赫尔曼主编:《新叙事学》,马海良译,北京大学出版社,2002年,第41—44页。

地参加一致的惊奇"。① 茶房拿到钱后原形毕露,其"一点也不难为情"的表现显然引起了大卫的疑心。

说到这里作者让成年大卫接过了少年大卫的话筒:"假如我过去对他有一点怀疑,我相信一半是由这个引起的;但是我不禁怀着一个孩子的单纯信任和一个孩子对年长者的自然信赖(任何儿童先期用尘世的智慧代替这种天性,都使我很惋惜),直到那时,我总相信,我大致并未认真地猜疑他。"②

这段话曲终奏雅,"一个孩子对年长者的自然信赖",道出孩子的单纯天性是多么可贵。

点评:叙述者说的话是不可靠还是不完全可靠,对叙事学家来说是道经典难题,少年大卫的"信中有疑"可作为这方面的典型材料。

---

① 狄更斯:《大卫·科波菲尔》,董秋斯译,北京:中央编译出版社,2015年,第83页。
② 狄更斯:《大卫·科波菲尔》,董秋斯译,北京:中央编译出版社,2015年,第83页。

秦可卿房中竟藏着"安禄山掷过伤了太真乳的木瓜"?

《红楼梦》第五回写贾宝玉来到秦可卿住处休息:

> 刚至房门,便有一股细细的甜香袭人而来。宝玉觉得眼饧骨软,连说"好香!"入房向壁上看时,壁上有唐伯虎画的《海棠春睡图》,两边有宋学士秦太虚写的一副对联……案上设着武则天当日镜室中设的宝镜。一边摆着赵飞燕立着舞过的金盘,盘内盛着安禄山掷过伤了太真乳的木瓜……(秦氏)说着亲自展开了西施浣过的纱衾,移了红娘抱过的鸳枕。于是众奶母伏侍宝玉卧好,款款散了。

贾府这种皇亲国戚之家,室内或有可能陈列宋明甚至更早时期的器物,但要说居然还留着安禄山掷过伤了杨贵妃的木瓜,人们就要问这只木瓜是如何保质的了。至于接下来的"西施浣过的纱衾"和"红娘抱过的鸳枕",更属不靠谱的戏谑之语,这些显示叙述者说话时是在做鬼脸(这番话的"隐含读者"或许是见证过书中事件原型的老友如脂砚斋等)。

《红楼梦》中的叙述很少如此亦庄亦谐,语调趋于轻佻是为了营造一种魔幻乃至暧昧的氛围——贾宝玉接下来要梦入太虚幻境,了解自己身边女性的前世今生,最后还要和警幻仙姑的妹妹"初试云雨情"。小说中叙述者的声音有时就像电影中的音乐,当银幕上的故事场面还是波澜不惊时,怪异不祥的音乐已在通知观众即将降下风暴雷霆。

所以,我们对作品中的叙述不能按字面意思照单全收,除了消化作者给出的信息之外,还要仔细聆听叙述者的声音是否有异。这其实不是什么复杂操作,日常生活中我们与人交流,也要判断对方是否一边说话一边挤眉弄眼。《红楼梦》第三回贾宝玉出场,叙述者通过引述后人的《西江月》,对他作了这样的评论:"天下无能第一,古今不肖无双。寄言纨袴与膏粱,莫效此儿形状。""无能"与"不肖"显系戏词,叙述者引述此言时脸上肯定堆着狡黠的笑容。

此前王夫人对林黛玉说自己儿子是"混世魔王",也是一种恨铁不成钢的气话和反话。贾宝玉未上场之前,叙述者通过自己说和他人说,往其身上贴了许多负面标签,其意图显然是先让读者透过世俗、正统的角度去看故事主人公,然后释放出无数事件信息证明不能从这个角度去看,这就导致了一个复杂人物的生成。

对叙事作品的阅读有浅有深,所谓浅读针对的是容易把握的故事情节等,深读则指向叙述声音等需要细加揣摩的因素。杜甫《哀江头》中,叙述者"少陵野老"是用急促的哭声在叙述,这哭泣比所叙述的国破家亡事件更令人感伤,"明眸皓齿今何在,血污游魂归不得"中凝聚了多少沉痛。杜甫的另一首诗《江村》中,打动读者的则是"老妻画纸为棋局,稚子敲针作钓钩"后面的闲适之情,我们完全可以想见叙述者此时的悠游自得神态。

这也就是说,对一部叙事作品,您可以琢磨其中的故事,也可以玩味叙述者的声音,两者都属叙事消费的对象。

点评:叙述声音之所以变得越来越难以捉摸,是因为许多叙述者一边说话一边做着鬼脸,读者若感到话音有异,便须对其说的话打点折扣。

贾政对自己女儿说话的口气为什么那么怪异?

《红楼梦》中贾元春回贾府省亲,身为父亲的贾政居然对她说出这么一番话来:

> 臣,草莽寒门,鸠群鸦属之中,岂意得征凤鸾之瑞。今贵人上锡天恩,下照贤德,此皆山川日月之精奇、祖宗之远德钟于一人,幸及政夫妇。且今上启天地生物之大德,垂古今未有之旷恩,虽肝脑涂地,臣子岂能报于万一!惟朝乾夕惕,忠于厥职外,愿我君万寿千秋,乃天下苍生之同幸也。贵妃切勿以政夫妇残犁为念,懑愤金怀,更祈自加珍爱。惟业业兢兢,勤慎恭肃以侍上,庶不负上体贴眷爱如此之隆恩也。

这番话不像父亲对女儿说的话,甚至不能说是人话。贾政如此拿腔作调,是因为元春此时已不再是或不仅仅是自己的女儿,她此刻的身份是奉旨省亲的贵妃娘娘,连祖母贾母、母亲王夫人都要在她的"金顶金黄绣凤版舆"前跪下。贾政一开始就以"臣"自称,显示接下来的话都是针对元春的贵妃身份而发。更明确地说,他在这里是把女儿当作朝廷的代表,以其为传声筒来表达自己对"今上"的耿耿忠心。"今上启天地生物之大德,垂古今未有之旷恩"等歌功颂德之辞,给人的感觉是一名满怀感激的臣子跪在金銮殿里对皇帝说话。

叙事学理论中有受述者(narratee)与隐含读者(implied reader)之说,受述者可以理解为话语的接受者,隐含读者才是作者真正想要送达信息的对象。人际间的话语交流也存在类似情况,元春在这里是贾政之言的受述者,而元春后面的皇帝则是这番话的隐含读者。

这种"甲对乙说,让丙听见"的话语策略,《红楼梦》中的人物多有运用。《红楼梦》第二十八回中,贾母派人催促贾宝玉和林黛玉来自己这边吃饭,林黛玉不等贾宝玉便先动身,薛宝钗劝贾宝玉赶快跟上以免林黛玉"不自在",贾宝玉以为林黛玉已经走远便随嘴回了一句"理他呢,过一会子就好了",没想到这话已经被耳尖的林黛玉听见。贾宝玉后来到潇湘馆看林黛玉裁衣,一个丫头建议她熨熨绸子角儿,林黛玉撂下剪刀说:"理他呢,过一会子就好了。"接下来薛宝钗来和林黛玉说话,林黛玉又把这句话重复了一遍。

毋须多言,这句话字字都戳在贾宝玉心头。贾宝玉说错话也不止这一回。小说第三十回贾宝玉说薛宝钗"体丰怯热",薛宝钗听了当然生气,世界上没有哪个女孩愿意听人说自己体态丰满,但身在贾府做客又不便发作,正巧这时小丫头靛儿过来讨扇子,她便指着靛儿说:"你要仔细,我和你顽过,你再疑我。和你素日嘻皮笑脸的那些姑娘们跟前,你该问他们去。"这番话如同一支利箭,表面看是射向靛儿,实际上却是针对贾宝玉而发。《红楼梦》中此类指桑骂槐、含沙射影的对话甚多,智商低的人物如傻大姐在这样的地方难以生存。

点评:隐含读者就某种意义而言是真正的受述者,"说给谁听"往往比"对谁说话"更为重要,有时候受话人只是信息传递的中介。

《拧螺丝》中的家庭女教师见鬼了吗？

亨利·詹姆斯这篇鬼故事又译为《碧庐冤孽》，这个译名似乎与其内容更为贴合，西方学者谈叙事问题常以这部瘆人的名篇为例。小说讲述一位20岁的年轻女子应聘到一个有古堡和塔楼的庄园担任家庭教师，不久女教师便看到主人家前男仆和前任女教师的鬼魂，她觉得这两个鬼魂的出现是为了加害于她正在照看的两个可爱小孩，于是努力与之斗争，结果却导致姊弟俩一个发疯一个死在她的怀中。

讲鬼故事是为了吓人，詹姆斯在女教师自述前已经对此做足了铺垫，小说中那些听故事者确实也被吓得一愣一愣。但故事中的鬼魂是否确实存在呢？

否定的意见来自美国著名批评家埃德蒙·威尔逊，他在《亨利·詹姆斯的模棱两可》一文中说女教师看到鬼魂只是自己出现了幻觉。从笔者了解的情况看，相信威尔逊观点的中国读者要多一些。认为小说中（注意不是现实中）存在鬼魂的也有不少，以笔者手头的中译本为例，译者高兴在前言中就说"（作者）是将鬼魂当作小说中的真实存在而写的"。[①]

[①] 亨利·詹姆斯：《螺丝在拧紧》，高兴、邹海仑译，北京：人民文学出版社，2004年，第3页。

据统计,围绕家庭女教师是否见鬼这一问题,一共存在着四个不同的阐释版本。

阐释的纷纭歧异,源于叙述的模棱两可。笔者个人认为,詹姆斯本人心中根本没有这个问题的确切答案。他是精通含混叙述的高手,写小说在他来说就是用闪烁其词的叙述来和读者玩智力游戏,您可以说他故弄玄虚,但英美世界的读者还真是爱上了这种耐人寻味的游戏。詹姆斯之后英语世界的小说叙事,很多都受到了这位叙事大师的影响。博尔赫斯说詹姆斯"并不是一位心理小说家。他的小说的情节,他的作品,并不是从字里行间涌现出来的;那一个个、一行行被思考编制出来的字是用来合理安排情节的。"①

詹姆斯的讲故事方式,让我们看到经典叙事学存在的问题。普罗普等人之所以能从行动或事件中提取"功能",是因为叙述者给出的信息确定无误,但在叙述者给出的信息无法确定的情况下,事件的"功能"如何界定和提取?

上文我们提到信息延宕和压制,与延宕和压制相比,信息模糊带来的麻烦要大得多。凭借不完整或不及时的信息,感知和阐释方面还能勉强"拼凑"出一个故事,信息如果模棱两可莫衷一是,感知和阐释方面得出的故事便会五花八门。由于学科传统的原因,叙事学家对阐释事件的意义抱有特别的热情,但是遇到了詹姆斯这种云遮雾障的故事讲述人,传

---

① 豪·路·博尔赫斯:《亨利詹姆斯〈谦卑的诺斯摩尔一家〉》,林一安译,载《博尔赫斯全集》(散文卷·上),王永年、林之木等译,杭州:浙江文艺出版社,1999年,第635页。

统的结构分析手段就变得不那么好使了。

爱玛·卡法勒诺斯在《似知未知：叙事里的信息延宕和压制的认识论效果》一文中说："普罗普说过功能是根据它对行动进程所具有的意义来界定的一种行为，但是他没有具体说明由谁决定该行为的意义。"[①]这句话看来是击中了要害。

点评：詹姆斯的小说显示叙事学研究应当与时俱进，卡法勒诺斯说得在理——不管作者怎么说，应当由感知者来决定行动或事件的意义。

---

① 爱玛·卡法勒诺斯：《似知未知：叙事里的信息延宕和压制的认识论效果》，载戴卫·赫尔曼主编：《新叙事学》，马海良译，北京大学出版社，2002年，第3页。

赞比内拉是美女吗?

　　希腊神话中有一则非常动人的故事:塞浦路斯国王皮格马利翁用象牙雕刻了一个少女形象,这雕像如此美丽以至于国王竟堕入了情网,而国王所爱之深又使得雕像获得了生命。巴尔扎克《萨拉辛》中,同名主人公对光彩照人的赞比内拉一见钟情,这位雕塑家感到后者就像皮格马利翁的雕像一样美丽。直到这部中篇小说的最后几页,萨拉辛(还有正在读小说的我们)才得知赞比内拉不是美女而是阉男,于是一个异性相吸的美好故事顿时变成了一段充满误会的不堪记述,我们不得不回过头来修改自己的阅读印象,把萨拉辛迷恋过的"她"改成"他"。

　　巴尔扎克捉弄笔下人物(也包括读者)的这种手法,在中外小说中屡见不鲜。叙事学将此手法分为暂时性的信息延宕和永久性的信息压制,《萨拉辛》中的情况无疑属于前者。爱玛·卡法勒诺斯在《似知未知:叙事里的信息延宕和压制的认识论效果》一文中说:

> 如果对一组事件的了解是不完整的,那么无论遗失的信息是被暂时延宕,还是被永久压制,对已知事件的阐释都可能与得到被延宕或被压制的信息之后所做出

的阐释不同。①

这番话的意思是,感知者(包括小说人物与读者)在未接获信息被延宕或压制的"通知"之前,他们并不知道自己对事件的了解是不完整的,因此他们对有关事件的阐释在接获"通知"之前与之后是不一样的。赞比内拉在真相大白之前是"她",在真相大白之后是"他",信息断点的披露使故事 A 变成了故事 B。

信息断点这个概念有助于我们了解讲故事的奥秘。再长的小说也不能穷尽故事世界的所有信息,因此没有哪部作品中不存在信息断点,更要命的是如果作者不主动披露,我们永远不会知道有这样的信息断点存在。

以莫泊桑的《项链》为例,要是故事结尾玛蒂尔德没有遇到当初借给她项链的人,她(还有我们)压根不会知道后者当初借给她的是假钻石项链,而后者也不可能知道玛蒂尔德还来的竟是货真价实的钻石项链(相信她回家后肯定在首饰盒中一顿乱翻)。

甚至可以这样说,信息断点就像是虚构性叙事作品中与生俱来的一道道"缝隙",这些"缝隙"基本上不会影响我们的阅读。我们不想知道莎士比亚的麦克白夫人生过几个孩子,也不关心大观园中贾宝玉和林黛玉的精确年龄,更不管梁山好汉怎么可能一下子从山东跑到江州(江西九江)去劫法场。

---

① 爱玛·卡法勒诺斯:《似知未知:叙事里的信息延宕和压制的认识论效果》,载戴卫·赫尔曼主编:《新叙事学》,马海良译,北京大学出版社,2002 年,第 4 页。

不仅如此,这些"缝隙"还为衍生形形色色的"前传"提供了可能。有的影视剧火了之后,编导便趁热打铁在原故事的信息断点上做文章。电影《星球大传》三部曲大获成功,不久便又有反映主人公出生之前故事的《星战前传》(也是三部曲);电视连续剧《权力的游戏》近年来风靡全球,HBO也宣布要拍摄该剧的"前传"。《西游记》的读者都知道,西天路上许多妖怪其实是天上的星宿下凡"搞事情",如果在这类人物的"前世"上做文章,深受观众欢迎的电视连续剧《西游记》还可以拍出许多续集。

点评:《萨拉辛》和《项链》的结尾属于异数,不是所有的叙事作品都要拖到最后才结束信息延宕或压制。

您大脑中有"闪光灯记忆"吗?

叙事学非文史学者所能专美,其他领域的人往往也能贡献出特别有价值的意见。最近阅读诺贝尔经济学奖得主罗伯特·希勒的《叙事经济学》一书,发现其中提到的"闪光灯记忆"颇有意思:

> 我们的记忆往往会聚焦于少数突出的随机画面。某些深刻的叙事让人产生的情绪反应如此强烈,以至于人们在数年之后还依然记忆犹新……闪光灯记忆类似于曝光不足的电影效果——拍摄于黑暗之中,仅在摄影机闪光灯亮起的瞬间才被照亮。这样的闪光灯画面有可能讲述一个故事,让人想起一件事以及当时的环境和氛围。在我们的众多记忆中,我们会记住一些片断,对它的前因后果也有一些记忆,但总也忘不掉那些成为焦点的闪光灯记忆。[①]

希勒举出的例子包括美国内战第一枪、珍珠港事件和"9·11"恐怖袭击等。人们会忘记经历过的许多小事,但都记得遭遇重大事件时自己的反应。个人生活中的大事也会

[①] 罗伯特·希勒:《叙事经济学》,陆殷莉译,中信出版集团股份有限公司,2020年,第82页。

"照亮"一些邻近事件,比如我现在仍能想起自己十七岁下放农场时在赣江港口乘船的情景,还记得在民政部门办理结婚登记时工作人员对我说的话。美国批评家艾尔弗雷德·卡津说,有位女士过于自恋,以至于如果有人提到最近发生的历史性事件,她就会含着一根手指,温柔地说,"让我想想那时我多大了"。

不只是这位娇滴滴的女士,所有的人都会因某个历史性事件而记住自己当时年龄几何、所在何处以及在做何事,这样我们就把自己的故事融入了集体的历史。从一定意义上说人都是自恋的,私人叙事一旦被卷入宏大叙事之中,个体经历似乎就有了超越具体时空的意义和价值。

"闪光灯记忆"有助于我们认识为什么有些事件会被人们一再叙述。历史上许多重大事件之所以会被人铭记,是因为这些事件改变了社会状态和历史进程,人们觉得有必要用多种方式对其作反复讲述,故尔时光的流逝不会令其影响归于湮灭。

以2001年发生的"9·11"事件为例,许多人可能会觉得这一事件在人们记忆中留下深刻烙印,是因为恐怖分子使用的手段过于残忍,以及被袭击的世贸中心大楼知名度太高。但是这些在希勒这位经济学大师看来还不是主要原因,他认为该事件发生前美国已陷入金融危机和经济衰退,恐怖分子的袭击表面上是为这种颓势雪上加霜,但实际上"这次袭击似乎产生了完全相反的效果。2001年11月(按,即"9·11"事件发生两个月之后),经济衰退结束,美国经济几乎立即复苏,这次经济衰退也成为美国历史上最短的经济衰退之一"。①

衰退结束得如此之快,是因为当时美国上下一致认为不能被恐怖分子吓倒,相反应当更为积极地开展刺激消费的各种活动,如乘坐各种交通工具出门旅行和去迪士尼乐园游玩等,这样的共识大大加快了美国经济的复苏,"9·11"事件遂成为美国历史的重大转折点。

点评:重大事件发出的"闪光"不仅能"照亮"周围的事件,更重要的是还会对历史进程产生长远影响。

---

① 罗伯特·希勒:《叙事经济学》,陆殷莉译,中信出版集团股份有限公司,2020年,第85页。

您听过相声《关公战秦琼》吗?

相声大师侯宝林有个节目叫《关公战秦琼》——三国时期的关羽与隋唐间的秦琼相隔数百年,根本不可能凑在一起,但这样的安排能带来一种让人意想不到的喜剧效果,以逗乐为主的相声自然会张开双臂欢迎这样的素材。

在董说(明末清初人)的小说《西游补》中,我们也能看到类似的时空错乱:孙悟空在"三调芭蕉扇"之后进入鲭鱼气幻化的世界中,他在这里变为虞美人与项羽周旋,又在地府里代替阎王审判宋朝的秦桧鬼魂,还尊岳飞为自己第三个师父。

如果说《关公战秦琼》和《西游补》是"错"得离谱,那么在一些貌似正常的叙事作品中,作者有时也会故意露出点小小的"破绽"。例如,明代汤显祖《牡丹亭》写的是南宋初年的事情,剧中柳梦梅坚持要挖开杜丽娘的坟墓使其复活,石道姑却对他发出带有调侃意味的警告:"《大明律》开棺见尸,不分首从皆斩哩!你宋书生是看不着《大明律》。"

对宋代的书生说起明代的律法,与《西游补》中唐代的孙悟空遇见宋代的秦桧并无二致。又如,《西游记》第五十七回中六耳猕猴(假孙悟空)想冒充唐僧师徒去西天取经,一旁的沙和尚冷冷地来了一句:"自来没有个孙行者取经之说。"这"自来"一语也跳脱了正在进行中的故事情境,像是一位洞悉一切、高高在上的局外人在说话。

以上所举的种种错乱和破绽都是有意而为,其深层目的是显示叙事的虚构,说得更直白一些就是故意暴露故事的编造痕迹,这样的手段被称为元叙述或后设叙述(meta-narration)。使用这种手段的小说被称为元小说或后设小说,出现这种小说另类不足为奇,我们知道魔术师的职业是蒙人,但他们偶尔也会表演几个亮出戏法底细的小节目,小说家这样做也是出于同样的原因。

讲故事本来是一种构建虚构世界的行为,从理论上说故事讲述人要把这个世界表现得越逼真越好,笛福在《鲁滨孙飘流记》的序言中就说"这本书完全是事实的记录,毫无半点捏造的痕迹"。[①] 但后来随着读者认知能力的提高,这类宣称已经失去了意义,所以许多小说和电影干脆就反其道而行之,在正文前来一段"本故事纯属虚构,如有雷同全系巧合"之类的文字。

就像魔术师敢于把自己小戏法的诀窍告诉观众一样,做出这种颇富勇气的声明,是一种相信自己艺术才能的表现:我可以告诉您我讲的故事完全是假的,但我能让您觉得这个故事体现的是另一种真实,您可千万别把这种真实混同于现实!

中国当代作家中有不少人写过元小说,王安忆的《叔叔的故事》中,那个"叔叔的故事"固然是靠不住,而为戳穿这个

---

① 笛福:《鲁滨孙飘流记》,徐霞村译,北京:人民文学出版社,1981年,第19页。

故事而叙述的许多其他事件同样也是子虚乌有,作者像是一个顽皮的女孩,吹出了一个个肥皂泡又恶作剧地将它们捅碎。当然,诸如此类的游戏不能多玩,如果故事讲述人总是在戳穿自己故事的西洋景,那也会令读者觉得厌烦。

点评:《牡丹亭》中"宋书生看不着《大明律》"的调侃让人绝倒,《西游补》则可称为中国的元小说之祖,我们的古人早就洞察到叙事的虚构本质。

评书为什么姓"评"?

评书是流行于许多地方的说书形式,至今仍为广大民众所喜爱。评书为什么以"评"("评书"之"评"在有的地方写作"平",但其义仍为"评")为名,为什么"评话""评词""评弹"等名目都把"评"字放在最前面,这个问题与我们的叙事传统大有关系。

说书为曲艺之一种,唐宋时名字叫"说话"(有些地方称"讲古")。宋以后的话本小说就是由"说话"发展而来,由宋元讲史话本衍变而来的章回小说中,出现了《三国演义》《水浒传》这样的小说经典。这样的发展历史告诉我们,说书人之"说"既源于"书"又影响到"书",口头文学与书面文学之间有一种既受益又反哺的关系。

站在这样的历史高度,可以看到评书之所以成为中国最有代表性的说书艺术,与其注重评说有重要关系。评者,评点、评说、评判之谓也,说书包括"评""叙""说""表"四种表现手段,"评"在其中占据着最为重要的位置。假如没有这种手段,说书就成了没有立场态度的故事情节复述,听故事的人不知道说书人的喜恶爱憎,也就难以与其发生共鸣。许多评书艺人都说"评书要评",这种"以评为贵,评字是金"的认识,是评书艺术达到高峰的重要保证。

评点人物与事件不是件容易的事情,说书人需要从自己"卑微"的社会身份中挣脱出来,站上"观古今于须臾,抚四海于一瞬"的时空高位,从俯视当下的历史高度来说人论事,如此方能成为听众心目中的话语权威,这也是一些"神授艺人"得以形成的社会心理基础。

评书大师连阔如说表演时要做到"五忘"——"忘己事,忘己貌,忘座有贵宾,忘身在今日,忘己之姓名",也就是说不但要忘记"己为何人"与"己身安在",还要忘记正在听自己说书的是些什么人。"忘座有贵人"这一条特别有意思,如果总想着座中有位身份与众不同的大人物,说书时难免会缩手缩脚,影响到正常的表演发挥。有的历史小说家喜欢以仰视角度讲述封建帝王的故事,这种视角必定会影响到对人物做出客观评价。

中国是一个史官文化先行的叙事大国,后起的叙事形式都会受到前面的影响,更何况说书人所讲之"书"大多关乎历史,史书的叙事模式自然也会对其有潜移默化的影响。从某种意义上说,我们的民间艺人都是有追求的艺术家,他们在表演时也想当"太史公",他们是故事世界中的审判官或曰"平章政事",他们对人物和事件的评论成了民间的"太史公曰"。

评书虽然是俗文学,但许多艺人会在表演中插入大段文绉绉的骈体韵文,这显然是对雅文学中"诗赞""赋赞"之类文体的模仿。不过,史家的议论相对含蓄,调侃时谑而不虐点到为止,需要鞭挞处也不会大动声色,而民间艺人的褒贬臧否则要明快得多,这是因为不加掩饰的议论方式更受民众喜爱。

点评:民间说书人的叙事智慧值得认真汲取,从一定意义上说,"评""叙""说""表"这四种口头叙事手段,在小说等笔头叙事之中也有存在。

弹幕的意义何在？

所谓弹幕，指的是观看视频时屏幕上不时蹦出的评论性字幕。许多人把"弹"念成"tán"，实际上这个字应该念"dàn"，因为发明这个词的人不是说字幕被"弹出"，而是形容字幕像"炮弹"一样被发射到屏幕上——有些字幕甚至会制作成像"弹雨"一样一条条从屏幕上方落下来。

评论性字幕传递接受者的反应与感受。自从人类围着篝火讲故事以来，故事讲述人的声音便一直伴有听众的嗡嗡议论，后者在消费故事的同时，还天然享有或赞或弹的评论权利。后世剧场内的鼓掌和喝彩（包括喝倒彩），可以看作表演的重要组成部分。一场表演临到结束时，听众席上如果没有一再响起要求演员返场的热烈掌声，这样的表演算不上成功。

从这个意义上说，弹幕的功能在于制造出某种虚拟的听觉空间：屏幕上伴随故事进程蹦出的评论性语言，让人觉得似乎是在与众多网友一边聊天一边观看，实际上那些字幕包括各种表情符号早已植入视频。人是需要社交和互动的，弹幕带来的参与感尽管只是幻觉，但它能在一定程度上消解独自观看的寂寞，此即剧场效应的治愈功能。由于计算机技术的进步，今人已经可以独自在家观赏各类影像资源，但这也意味着失去了和他人共享故事的乐趣需要指出的是,台下的活动并非完全受台上的演出主导。旧时剧团下乡"作场"之所以引起轰动,除了看戏是一种艺术享受外,还因为演出为乡民提供了难得的社交机会。演员在台上亮相亮嗓,各色人等则在台下相互交流。在这个相对宽松的公共空间中,看别人的人在被别人看,听别人的人在被别人听,所以鲁迅会在《社戏》中说那些在台下吃糕饼水果和瓜子的人"不在乎看戏"。

台上戏与台下戏的并行不悖,给单调沉闷的日常生活带来双重刺激,演出搅起的交往漩涡因而在当时生活中屡见不鲜。

由此要说到国人当前不可须臾离之的微信。微信推送的文字、表情符号、图像与视频等,虽然主要诉诸看,但大家更愿意把人际间的这种分享说成是"聊天",也就是说眼睛和手指在这里执行了耳朵和嘴巴的功能。这种"聊天"还催生了五花八门的微信群,就像真实生活中一样,每个群里都有相对活跃的发声者,大部分人则乐于充当倾听的角色。

从这种意义上说,微信群是电子时代的听觉空间,许多人入群是为了抱团取暖,群内交流不光意味着宣泄和诉说,更大的好处是让人保持与时代潮流同步。群体感从来都是精神生活的刚需,正是因为单门独户的现代住宅分隔了千家万户,才有种种虚拟性的社交平台出来把人"重新部落化"。发微信从表面看是某人将某个信息发到网上,其作用却是此人在朋友圈中宣示了自己的存在,说到底这一举动还是为了获得别人的关注乃至认可。

点评:评价和议论也是消费叙事的重要方式,他人的缺席会让我们感到独乐乐不如众乐乐,所以才会有弹幕这种形式出来弥补无人相伴的遗憾。

托尔斯泰为什么不喜欢莫泊桑？

莫泊桑被人称为"短篇小说之王"，但有"毒舌"之称的托尔斯泰在给莫泊桑文集写序时，先是用半页文字夸奖作者拥有"在一些事物上见他人所未见的天赋"，接下来花了差不多30页篇幅提出尖锐批评。他指出莫泊桑有不少作品热衷于描写人物对性爱的追逐，忽略了底层百姓的真实生活，这类小说不利于"道德的自我完善"，不能称为真正的艺术杰作。

托尔斯泰对人对己要求严格，从来不说违心之语。有一次他口无遮拦，当面对屠格涅夫说其女儿行善如同表演，引起对方勃然大怒，两位顶尖的俄罗斯文学家差点拎起手枪走上决斗场。

托翁对莫泊桑小说的批评主要涉及叙事的伦理取位（ethical positioning）——即采取什么样的道德立场和态度来讲故事，这在托尔斯泰心目中是一个不容妥协的原则问题。莫泊桑小说总体而言大节无亏，如其代表作《羊脂球》既有对卑鄙无耻者的鞭挞，又有对法兰西民族精神的彰扬，这种价值取向亦见于他的许多小说。然而不幸的是，莫泊桑还喜欢讲述一些趣味不那么雅正的故事，故事中的人物奉行及时行乐的人生观，干下风流韵事后还洋洋自得生怕别人不知道，这就导致此类故事成为厚颜无耻的登徒子自诉。

不妨来看一些具体的例子。《莫兰这只公猪》中，莫兰因骚扰同车厢的一位女乘客而被对方提起控诉，为此他花了一千法郎委托有美男子之称的"我"去劝说女方撤诉，劝说过程中"我"也对年轻美貌的女当事人动了邪念，所不同的是"我"竟然凭着临时编造的谎言达到了"莫兰这只公猪"未能达到的目的。尽管叙述者与真实的作者之间不能画上等号，但由于"我"对自己的人财两得过于津津乐道，人们不禁要像托尔斯泰那样提出疑问：这种无所顾忌带有欣赏意味的叙述，到底是鞭挞还是宣扬此类有违道德的行为？

《一次郊游》中，叙述者以玩世不恭的口吻叙述两名男子成功地实现了对母女俩的占有，这种自然主义的写作把人类性爱降低到了动物的水平。《保尔的女人》更着笔于同性与异性之间的互相玩弄，称其为诲淫之作不为过之。我注意到国内有影响的《莫泊桑小说选》都没有将这几部小说列入篇目，一些批评家甚至认为它们令莫泊桑蒙羞。

由此可见叙事的伦理取位至关紧要，故事讲述人如果罔顾自己的道德站位，只图满足消费方面的低俗需求，难免付出有累自己清名的代价。也许有人会说托尔斯泰笔下的人物也犯过这样那样的罪过，但我要说托尔斯泰的伟大在于聚焦这些人物内心的忏悔，这就使得相关叙事获得了洗涤与升华。

当然，讲故事毕竟是一桩寓教于乐的活动，故事讲述人既要用正确的价值取向影响和引导读者，又不能表露得太生硬笨拙，否则便让人觉得有教师爷口吻。

点评："德艺双馨"是中外文学对作家的共同要求，由于伦理取位上存在瑕疵，有些极会讲故事的人亦未能跻身于伟大的作家之列。

您觉得汉赋能与唐诗宋词等并列吗？

王国维在论述"一代有一代之文学"时，曾经将"汉之赋"与"唐之诗"等并列，但此说遭到不少反对，这是因为许多人不喜欢赋的一味铺陈。与其他文体形式相比，汉赋从来没有获得像唐诗、宋词、元曲和明清小说那样独步一时的地位。毋庸讳言，赋的"极声貌以穷文"中确实伏下了堆砌辞藻之弊，不过我们有理由认为，正是这种敷张扬厉的铺叙，推动了我们的叙事艺术向前发展。

赋是古代文学中一种非常独特的文体。由于使用骈辞韵语，赋体文学在广义上属于诗的范畴，但其反复敷陈的铺叙手段与"遂客主以首引"（以问答开启叙述）的结构方式，又对后世散体叙事产生了深刻的影响，因此可视为诗体与稗体之间的一道桥梁。

在赋体文学繁荣兴旺的时代，形形色色的"前小说"或者说早期小说正处在起步阶段，从叙事形态说它们属于欠发育的"丛残小语"——魏晋南北朝以前的单篇作品大多只有数百字，即便到了志怪小说亦不逾千，这样的篇幅只适合对故事"粗陈梗概"，根本谈不上"施之藻绘，扩其波澜"。这种情况下，赋体的铺叙手段与问答格式，对稗体的枯涩来说正好是一剂对症的良药。稗体和赋体在同一时段内共存并进，不可能一直平行永不相交,取长补短应是势所必然。

唐代张鷟的《游仙窟》堪称稗体与赋体杂交的一个绝妙标本,因为它既是传奇又像赋文,要考察小说与赋体文学的关系,研究小说叙事如何从民间文艺中汲取营养,没有哪个文本比《游仙窟》更具典型意义了。《游仙窟》行文多用口语,修辞上喜用通俗的双关语与拆字法,描写男女之间的调情全无忌讳,其中还有大量的问答调侃与细腻叙述。因此与其说它是传奇,不如说它更像是文人创作的俗赋。

古代文学分为诗稗两大阵营,由于小说后来成了叙事文学的主力军,人们习惯于从无韵的叙事文体中探求文学叙事的根源,而不大重视诗歌阵营内赋体文学所起的作用。在以口头传播为主的故事消费时代,使用骈辞韵语的赋体较之无韵的稗体具有更大的传播优势,它理所当然地会对继之而起的叙事品种产生重要影响。笔头叙事代替口头叙事成为文坛盟主之后,赋体的传播优势不复存在,由无韵的民间"说话"发展而来的话本小说逐渐成为故事消费的新宠,于是文学史掀开了新的一页。

然而必须看到,赋体倒下之后以自己庞大的身躯孳乳了后起之秀。小说虽然不是由赋体直接衍变而来,但是后者在小说体制上打下的烙印似乎比那些"前小说"还深。无论是唐宋的传奇、话本还是明清的章回小说,都有在文本各个部位插入韵文的现象,这是古代叙事的一个重要而又有趣的特征。

不妨这样来描述:唐宋以后本已是散体叙事的天下,但古老的韵诵传统仍然潜伏在我们这个民族的叙事思维之中，所以人们会在关键时刻换用韵文来讲述故事，他们在潜意识中觉得只有韵文才能使叙事变得有力。这一现象说明叙事文学由韵诵转换到无韵是一个漫长的历程，直到明清小说这种过渡还未真正结束。

点评：传统的力量不可小觑，《光明日报》前些年开辟的《百城赋》专栏引起强烈反响，说明人们对使用韵文的宏大叙事依然情有独钟。

"9·11"恐怖袭击对美国经济产生了什么影响？

众所周知，"9·11"事件是发生在美国本土的最为严重的恐怖袭击行动，袭击导致2996人遇难（包括19名恐怖分子），纽约市中心的世贸中心两座高楼倒塌，华盛顿特区的五角大楼也遭到严重破坏。在经济影响方面，各方的统计数据不够统一，联合国发表报告称美国经济损失达2000亿美元，对全球经济造成的危害高达1万亿美元左右。

根据美国国民经济研究局（NBER）的数据，美国经济自2001年3月（也就是"9·11"事件发生的半年以前）以来一直处于衰退期，对这一衰退负主要责任的应为2000年的美国股市大崩盘。屋漏偏逢连夜雨，人们普遍担心美国经济在恐怖袭击后会出现进一步的恶性衰退，因为就诱发经济危机的诸多因素而言，再没有比"9·11"袭击更可怕的负面推手了。按照常理推断，这次袭击会使得人们为求得安全而选择留在家中，经济活力因而不可避免地陷于停滞。

然而诺贝尔经济学奖得主罗伯特·希勒指出："这次袭击似乎产生了完全相反的效果。2001年11月，经济衰退结束，美国经济几乎立即复苏，这次经济衰退也成为美国历史上最短的经济衰退之一。"①

为什么"9·11"事件踩下了美国经济衰退的刹车？按希勒的观点，这是因为事件之后美国人意识到如果因为畏惧而蜷缩家中，不啻于宣告袭击者达到了自己的目的。时任美国总统的小布什为此号召国民打一场不让恐怖主义得逞的"国家战争"：

> 他们发动袭击的时候，是想营造一种恐惧气氛。这场国家战争的一个伟大目标就是恢复公众对航空业的信心。那就是，告诉出行的民众：请登机。前往全国各地开展业务吧。登上飞机并尽情享受美国的绝佳旅游目的地吧。去佛罗里州的迪士尼乐园吧。带上家人，想怎么享受生活就怎么享受吧。②

美国人其实并不总是认同自己总统说的话，世贸大楼倒塌后他们热衷于跟着小布什讲述"登机就是爱国"这样的故事，乃是因为社会情绪需要一个同仇敌忾的宣泄口，"9·11"事件就是这样重振了美国经济。同样的反应亦见于2005年7月7日的伦敦地铁爆炸案，出事后伦敦人仍勇敢地乘地铁出行，也是因为他们接受了这样的叙事——"乘坐地铁表示我们没有被吓倒"。

由此可见叙事具有巨大的能量，一则符合（有时是迎合）

---

① 罗伯特·希勒：《叙事经济学》，陆殷莉译，北京：中信出版集团股份有限公司，2020年，第85页。
② https://georgewbush-whitehouse.archives.gov/news/releases/2001/09/20010927-1.html.（2022.3.1访问）

人们心理期待的叙事能像燎原烈火那样迅速蔓延。这样的蔓延并非都是好事,不同于"登机就是爱国"对经济衰退的遏止,"买股票就能发财"这样的流行叙事助推了20世纪30年代美国经济的大萧条——在一个人人都在讲述一夜暴富故事的社会氛围中,经济活动要想健康发展是一件很困难的事情。希勒特别注意"像病毒那样传播的叙事"对经济的影响力,其《叙事经济学》一书的副标题便是"故事如何像病毒一样传播并推动重大经济事件发展"。

点评:有些故事之所以会像病毒那样在人群中疯狂传播,一定是触动了传播者最原始的情感本能,我们能从这样的叙事中发现某些共同的价值观。

五、策略

如何为您的故事开个好头？

我可能提了一个愚蠢的问题，因为这方面没有一个统一标准，任何能让您把读者带入故事世界的做法都可能是好的开头。《红楼梦》第六回中，曹雪芹就曾为如何深入讲述贾府故事煞费踌躇："按荣府中一宅人合算起来，人口虽不多，从上至下也有三四百丁；虽事不多，一天也有一二十件，竟如乱麻一般，并无个头绪可作纲领。"后来他设计了一个从外面闯入故事世界内部的人物——贾府八竿子打不着的远亲刘姥姥，借其上门打秋风之事正式打开了话匣子。

《安娜·卡列尼娜》第一句话为"幸福的家庭都是相似的,不幸的家庭各有各的不幸",《三国演义》第一句话为"话说天下大势,分久必合,合久必分",这种富有哲理性的开头意在让读者心中有数,知道接下来的讲述脱离不了家庭幸福或天下大势。但这种先说理后讲述的做法也没有成为一种通用范式,讲故事的人在开篇时常常各行其是,很难把五花八门的开头理出个头绪。

还是来看看荷马是怎样做的吧。

荷马并非按部就班地对《伊利亚特》故事作平铺直叙,他的讲述别出心裁地从特洛亚战争的第十年开始,此时故事动力的发条已被拧至最紧:希腊联军兵临特洛亚城下,久攻不下导致军心浮动与将帅异心,主人公阿喀琉斯身上积蓄了层层传递而来的全部动力,同时也体现了暂时阻遏这动力爆发的矛盾——希腊方面复仇愿望的实现或破灭,取决于他能否捐弃前嫌与主帅合力杀敌。

讲述开始后不久,阿喀琉斯好友的死亡冲决了阻遏其提枪上阵的壅塞,于是故事动力如长江破夔门一泻千里,诗人的讲述也乘流而下一气呵成,酣畅淋漓地交待英雄出阵、两雄决斗、赫克托耳败阵、被杀及葬礼等一系列事件。对于这之前的事件,作者都用倒叙等手段抽空交待。

无独有偶,希腊悲剧诗人索福克勒斯被人称为"戏剧艺术的荷马",他的《俄狄浦斯王》也选择在故事高潮前那一刻拉开帷幕:弑父娶母的俄狄浦斯犯下大罪而不自知,一味地要按神谕追查杀死前王(实际上是其生父)的凶手,追查的结果是见证人一个个上场道出真情,故事内幕的连续呈现让人目不暇接。

索福克勒斯同样是把故事中动力最强的那部分放在明处(舞台上)讲述,剧情的展开因而毫不拖泥带水。如此扣人心弦的舞台呈现即便在后世也不多见,这部作品和《伊利亚特》一样说明早期希腊叙事达到了怎样的高度。

从上可见,倘若想有个高屋建瓴、势如破竹般的开头,选择故事高潮到来之前开始讲述较为有利。由此再往前进行一段。即可获得高潮的强力推动。从高潮部分直接开始讲述并不妥当,因为这会让人觉得突兀。如果有意设计故事,像《伊利亚特》和《俄狄浦斯王》那样,在高潮前欲擒故纵地布置一点障碍,那么故事动力的弹出就更具爆发力。

点评:把故事与话语(也就是讲述)分开被认为是经典叙事学的一大贡献,然而荷马与索福克勒斯在话语层面上实施的巧妙操控——跳脱故事进程而在高潮到来之前开始讲述,让人觉得他们早就懂得故事与话语之间的区别。

《儒林外史》的结尾是否有点 low？

《儒林外史》只写了五十五回，最后一回如回目所云为"弹一曲高山流水"，登场人物是此前从未露面的荆元和于老者，他们的行动与前面所有的事件都无直接关联，而且整个故事在于老者听完荆元弹琴之后便匆匆落幕，紧接其后的是一句无须回答的问话与常套的"词曰"（"看官！难道自今以后，就没一个贤人君子可以入得《儒林外史》的么？词曰：记得当时，我爱秦淮……"）。我们不妨来看一下这个故事片断是怎样结束的：

> 荆元慢慢的和了弦，弹起来，铿铿锵锵，声振林木，那些鸟雀闻之，都栖息枝间窃听。弹了一会，忽作变徵之音。凄清宛转，于老者听到深微之处，不觉凄然泪下。自此，他两人常常往来。当下也就别过了。

坦白地说，小说对这个故事片断的叙述并不特别出彩，当然这也完全合乎情理——荆元是个生意忙碌的金陵裁缝，抚琴之术不可能超过业余水平，而听琴的于老者平日里要督率五个老大不小的儿子浇水种菜，从文中也看不出他有多深的音乐造诣。作者用这段淡乎寡味的文字来为整部小说作结，以不登大雅之堂的裁缝和灌园叟来做文人雅士队伍的殿军,似乎有些压不住阵脚。

然而中国古代文学讲究的是曲终奏雅——另一种说法是卒章显志,吴敬梓把荆元和于老者放在如此重要的位置,是因为他们内心深处的谦卑与淡定。熟悉这部小说的读者都知道,故事中那些有头有脸的儒林人物全都在不知羞耻地自吹自擂大吼大叫,而两位山野之人却在地老天荒之处屏神静息地抚琴和倾听,窃以为这就是"弹一曲高山流水"的曲终所奏之"雅",是作者苦心孤诣营构的"本真之音"。

荆元和于老者可以说已经登上了海德格尔所说的"孤寂高地",故事中荆元断然拒绝了别人劝他去与所谓雅人"相与相与"(按,即交往)的建议,于老者"也不读书,也不做生意",劳作之余只在"城西极幽静的"清凉山上用好水煨茶。这两个人能够相互畅开内心,在于他们对艺术和他人都怀有同样的谦卑,这种态度与书中文人的狂妄自大形成极为鲜明的对照。

刘易斯·托马斯说"humble(谦卑)和 human(人类)原就是同源词",[①]两位山野之人身上体现了人类最宝贵的谦卑品质。吴敬梓当然不知道"倾听是最大的好客"这种解构主义理论,但他用文学形象展示了如何用自我抑制来代替自我膨胀,如何用艺术来维持内心的平静与平衡,这说明他对人类心灵的认识是何等超前。

[①] 刘易斯·托马斯:《论可疑的事物》,载《聆乐夜思》,李绍明译,长沙:湖南科学技术出版社,2011年,第132页。

似此,我们可以说《儒林外史》的结尾是既低调又高明,因为它体现了"礼失而求诸野"这样一种认识——虽说儒林已是礼崩乐坏,其中充满了丑态百出的败类,但作为我们这个民族传统的礼乐文明并未彻底断绝,在民间和基层仍可看到不事张扬的薪尽火传。

点评:把声音事件放在结尾,能营造余音袅袅、言已尽而意未穷的感觉,张继的"夜半钟声到客船"和辛弃疾的"江晚正愁余,山深闻鹧鸪",就是这方面的好例。

胡适为什么改写《西游记》?

胡适与鲁迅在政治问题上话不投机,在小说研究方面却有共同语言,胡适说自己"曾对鲁迅先生说起《西游记》的第八十一难(九十九回)未免太寒伧了,应该大大的改作,才衬得住一部大书",10年后他将此言付诸行动——"偶然高兴,写了这一篇,把《西游记》的第八十一难,完全改作过了。"①

鲁迅对胡适此议是什么态度,我们现在无从得知,胡适也未明确说《西游记》的结尾为什么"太寒伧了",以及为什么他提供的文字就能"衬得住一部大书"。不过我们可以从其改作中窥出端倪。

胡适把第八十一难改写为唐僧取到经书之后,在一个塔上梦见西天路上被打杀的妖魔鬼怪齐来索债,唐僧见状取刀在手,从自己身上割肉剔骨,一片片饲喂这些饿鬼,身上流下的血也让鱼精鳖怪喝了个饱。最后空中传来一声礼赞:"善哉!是真菩萨行!"这个声音使唐僧从梦中醒来,"伸手摸腿上身上,全不见割剔的痕迹",遂走下塔来与徒弟们会合。②

胡适此番改作,或许意在批评吴承恩只顾满足唐僧取经

---

① 胡适:《西游记的第八十一难》,载《胡适论学近著》(第一集·卷四),上海:商务印书馆(中央编译出版社影印版),1935年,第425页。
② 同上书,第435页。

趣味叙事学 | 172

的愿望,忽略了西天路上那些妖魔鬼怪想吃唐僧肉的愿望。唐僧当然只是在梦中满足了那些鬼魂,但是一念慈悲,天地为之动容,这桩公案就此便算了结。

从这里我们看到,人物愿望其实是有冲突的:愿望促使主要人物行动,但行动的帮助者——更不用说阻遏者也有自己的愿望,因此问题就来了——能否完全无视其他人物的愿望?胡适的改作是在抹稀泥,但我们知道他不可能完全抹平,因为故事讲述人只能取一种立场,脚踩两条船的后果必定是无船可踩。

不过吹毛求疵地说,《西游记》是有点过分倾向于唐僧的愿望。西天取经前发生的一切,可以说都是为了培养和酝酿这一愿望:从巡水夜叉偷听渔樵对话这个"触媒"事件开始,故事能量像滚雪球一样越滚越大,越来越多的人被牵扯进来,事情的性质变得越来越严重,人物的愿望也变得越来越强烈。

具体来说,巡水夜叉的邀功愿望转化为龙王向算命先生挑战的愿望,挑战成功的龙王因违背天条而向李世民求助,求助愿望破灭后龙王的鬼魂报复李世民,报复愿望满足后龙王退出故事,留下李世民去经历从冥府还阳到重修善果等一系列事变……李世民的愿望最终传递给了唐僧,东土众生盼望之殷与圣明天子托付之重,加上西天佛祖的期待,使得取经愿望成了后来故事发展的主要推力。

唐僧一旦承担了取经人的角色,他便成了一头任何力量都不能遏止其愿望的"狮子"(叙事学以此称动力的承载者)。

唐僧的力量虽弱,其愿望的力量却无比强大,故事中谁也不像他这样百折不回一往无前。

从这个角度看,人们把《西游记》故事称为"唐僧取经"是有道理的,孙悟空等人虽神通广大,其西行的动力却来自手无缚鸡之力的唐僧。同样的情况见于《三国演义》和《水浒传》,刘备和宋江从武艺和韬略上说都不特别出众,其愿望却能驱使关张二弟和梁山好汉们赴汤蹈火在所不辞。

点评:叙事作品中次要人物的愿望常被忽略和压制,不过有时也会留下点蛛丝马迹,李逵等人就对宋江一味要受招安发过牢骚。

电影《唐顿庄园》中的汤姆为什么移情别恋？

电视连续剧《唐顿庄园》中的汤姆原为庄园司机，后来变成了这个贵族家庭的三女婿（三小姐后来死于难产）。在连续剧第六季的大团圆结局中，我们明明看到作为鳏夫的汤姆与报社女编辑眉来眼去，女编辑最后还接到了新娘伊丽丝抛向身后的花束（其时汤姆就在她身边），但到了承接该剧剧情的电影《唐顿庄园》中，编导改变了计划，硬把汤姆与皇室女官巴格肖夫人（格兰瑟姆老夫人的姨表亲）的女仆露西撮合成一对。

电影编导之所以再点鸳鸯谱，笔者猜想是因为电视连续剧对汤姆的安排不够圆满。不妨先看故事中其他年轻人的结局：大小姐玛丽嫁给了自己真心喜欢的靓仔亨利，二小姐伊迪丝嫁给了既有公爵爵位又有巨大庄园的伯蒂，仆人当中也成就了三对姻缘，就连原先品行不端的仆人巴罗亦改邪归正，接替卡森当上了庄园管家。

相比之下，汤姆到电视剧结尾仍未混成"有产业的人"（高尔斯华绥语），电影编导正是因为这个原因才给他另觅佳偶。露西其实是巴格肖夫人的私生女并将成为其继承人，这门亲事如伊迪丝所言会使"汤姆也有一幢自己的豪宅"。电影编导所作的这一改变，避免了"一人向隅，举座为之不欢"

的局面,使得故事结局皆大欢喜。

汤姆携手露西对所有人来说都是一种讨好:有人看到"前司机"与"现女仆"走到了一起,有人看到伯爵府中丧偶的姑爷与富有的女继承人喜结良缘。特别重要的是,汤姆还有个爱尔兰人的身份,他如不幸福将会影响叙事的"政治正确",这在英国当代文化中是绝对不允许的。

《唐顿庄园》从本质上说是这个时代的"成人童话",说得不好听是一块甜得有点发腻的大奶油蛋糕,那里面的故事其实是在替观众实现愿望:贵族的日子过得锦上添花,平民也有乌鸦变凤凰的可能,所有的人都爱而得其所爱——甚至包括原先上不了台盘的同性之爱。

讲故事的人在一定程度上得迎合听故事的人,伟大如狄更斯、勃朗蒂和奥斯丁,其笔下人物也大多未能免俗地经历由穷到富的转变。《唐顿庄园》当然无法与《雾都孤儿》《简·爱》和《傲慢与偏见》这样的杰作相比,但其疗愈效能也给它带来了消费市场上的成功。银幕和荧屏上那座反复出现的庄园大楼,在观众眼里成了古老英格兰的象征,"往昔的好时光"固然是一厢情愿的虚幻憧憬,对一些现代人来说却不失为一个寄托精神的所在。

话又说回来,讲故事的人太善解人意也不是好事,因为就像我们在巴恩斯小说《梦》(详后)中看到的那样,如果享用可以无穷无尽,享用者反而会觉得一切都是虚无,所以故事主人公到最后会义无反顾地结束自己的人生。

不过有个好消息可以告诉正在读本书的朋友,巴恩斯那篇小说说喜欢读书和争论的人活得最久,因为再多的书也无法满足他们的阅读愿望,而且争论书里的事情能使他们保持年轻,这就导致"写书的人活得还没有争论书的人一半长"。

点评:愿望的满足意味着实现一种人生的可能,然而这意味着失去了实现其他可能的可能,已经实现了的和那些未能实现的相比,实乃一粟之于沧海。

杨四郎为什么用那么多"我好比"来表达心情？

京剧票友都熟悉《四郎探母·坐宫》中那段脍炙人口的唱词："杨延辉坐宫院自思自叹，想起了当年事好不惨然。我好比笼中鸟有翅难展；我好比浅水龙被困沙滩；我好比弹打雁失群飞散；我好比离山虎落在平川……"

与此相似，黄梅戏《小辞店·来来来》的唱词中也有一连串的类似比喻："你好比那顺风的船扯篷就走，我比那波浪中无舵之舟；你好比春三月发青的杨柳，我比那路旁的草我哪有日子出头；你好比那屋檐的水不得长久，天未晴路未干水就断流……"

为中国百姓喜闻乐见的传统戏目中，总能发现此类接二连三的比拟和不厌其烦的诉说。以上两段唱词中的比喻属于典型的同义反复，所反映的都是相同的困境与苦恼。也许您认为这是大众传播的特点，底层民众需要这种絮絮叨叨的陈诉，那么我要告诉您，这种同义反复在一些经典名篇中照样存在。

陶渊明的《闲情赋》一口气表达了对所爱者的十个愿望："愿在衣而为领""愿在裳而为带""愿在发而为泽""愿在眉而为黛""愿在莞而为席""愿在丝而为履""愿在昼而为影""愿在夜而为烛""愿在竹而为扇"和"愿在木而为桐"；裴多菲的

抒情诗《我愿意是急流》中则用了四个愿意——"我愿意是急流""我愿意是荒林""我愿意是废墟"和"我愿意是草屋",这首诗与《闲情赋》的修辞手段如出一辙。

重复就是说废话,然而语言学家早就发现废话不"废",有些话还真不能只说一遍就完事。西方语言学家称此现象为 redundancy,这个词在内地/大陆通译为"冗余",但"冗余"给人的感觉就是"多余",还是港台的译法"备援"得其精髓:反复发送内容相似的信息,为的是确保对方收到以及避免误解。这种情况就像寄信时写上邮编、地址和姓名就已足够,但为了预防万一,发信人还是要加上楼栋单元与电话号码等辅助信息,它们的功能皆为"以备驰援"。

"冗余"或"备援"还可从叙事源头中得到解释。前面我们提到八卦是灵长类动物相互梳毛的"升级版",如果说梳毛非要反复进行才能让对方觉得舒服,那么八卦只有喋喋不休才能刺激人体内胺多酚的持续分泌,这就解释了为什么有些叙事会显得那么"拖沓"。

文学家和历史学家对叙事的繁简有不同的看法,刘知几在《史通》中主张叙事应"以简要为主",文学艺术中的叙事却不能如此惜墨如金。前面引述的那两段唱词如果不用反复比拟,主人公心中的郁闷、凄凉和委屈,不可能得到淋漓尽致地表现。台下的观众实际上也希望他们能痛痛快快地倾诉一番,因为掬一捧同情他人之泪,可以浇自己胸中块垒。那种咿咿呀呀用弦管伴奏的长篇诉说,就像是一种抚摸,需要反复进行才能达到慰藉效果。

至于陶渊明的赋和裴多菲的诗,那是带有求爱性质的表白,过来人都知道这种事情需要耐心,连鸟儿都懂得把求偶的曲调唱过一遍又一遍。

点评:对叙事的繁简无须作硬性要求,也就是说当简则简,当繁则繁。不过有一点可以确定,当某人喋喋不休地说某事时,这件事对他来说一定非常重要。

《梦》的主人公为何最终选择了长眠？

朱利安·巴恩斯有篇以《梦》为题的短篇，说的是主人公离开人世后进入一个所有愿望都可满足的世界，他在这里尽情与人做爱、打高尔夫球和享用丰富的早餐（英国作家当然认为三餐中早餐是最好的），最后实在是没有什么东西值得追求了，他才决定离开这里进入真正的死亡。[①]

巴恩斯这篇小说道出了一个极为重要的事实：愿望是人类行为的动力，如果到了您什么也不想要的那一天，您的人生也就到此为止了。将此观点引入叙事学研究，可以发现故事的动力始发于人物的愿望。如果不是虚荣心强，《项链》中的玛蒂尔德会一辈子老老实实待在家中；如果不是"惊艳"于莺莺小姐的美丽，《西厢记》中的张生也不会主动凑上前去为其解忧排难。

不过愿望只是行动的内因，实现愿望不能没有机会，这就需要有作为外因的"触媒"事件——《项链》中的舞会邀请和《西厢记》中的孙飞虎围寺便属此类。"触媒"事件通过因果链条，将动力传递给后续事件，直至故事的主要动力被完

---

① 朱利安·巴恩斯：《梦》，载朱利安·巴恩斯《10 $\frac{1}{2}$ 章世界史》，林本椿、宋东升译，南京：译林出版社，2010年。

全释出。金圣叹将此类事件称为"以物出物"的楔子,他在点评《水浒传》时说:"以瘟疫为楔,楔出祈禳;以祈禳为楔,楔出天师;以天师为楔,楔出洪信;以洪信为楔,楔出游山;以游山为楔,楔出开碣;以开碣为楔,楔出三十六天罡、七十二地煞。"

在动力的传递过程中,人物的愿望起着一种标志作用,显示出动力传递的轨迹。事件间的相互推动,从逻辑上说是因果联系在起作用,但这种作用多半隐藏在暗处,显露在明处的是人物的愿望。人物的愿望有大有小,大的愿望可以分解成一个个具体的愿望。这些愿望相互间又有密切联系——愿望的满足、破灭和此消彼长,结成了事件之间的动力链条。

一般来说,故事不会一开始就形成强大的驱动力。涓涓细流汇成江河,故事的动力能量也需要逐渐积聚。《项链》中女主人公家居无事,一张舞会的请柬引出满天风波:赴舞会须戴首饰,于是有借链事件,借链导致失链,失链又须赔链,赔链后要还链债……这种多米诺骨牌效应连续发生,动力每传递一次,能量都扩大几分。

《西游记》里动力的传递要复杂得多。泾河龙王安居水晶宫,忽有夜叉来报袁守诚神算令水族遭殃,于是龙王不得不挑战;挑战成功却违背了天条,于是便向李世民求援;不料魏征竟梦斩泾河龙王,这又引起冤魂向李世民索命;李世民魂归地府后幸获还阳,还阳后须重修善果,于是就有了西天取经。从这里可以看出,《西游记》主干故事的动力始发于一件微不足道的小事——巡水夜叉的大惊小怪。

需要指出的是,愿望获得满足之时——男女主人公喜结连理或坏人遭到惩罚，便是故事即将落幕之际，有经验的电影观众看到这里便会站起来准备离场。但只要还有人心怀愿望未获理会，故事中就仍有动力存在。唐僧"八十一难"中最后一难——被通天河老鼋淬入水中，就源于老鼋问寿的愿望被他老人家忘记了。

点评：愿望导致行动，愿望的强度决定行动的力度，但我们在分析事件时往往忽略行动因何发生。

故事中的行动一般重复几次?

艺术与数学一向携手同行。古希腊的毕达哥拉斯派认为,艺术作品的成功"要依靠许多数的关系",我们的古人也早有"以数取美""无数不工"的思想。有经验的故事讲述人都知道,一举成功、一蹴而就的故事多半单调干瘪,而那种反复受挫、经历一波三折终获成功的故事更为受人欢迎,因为它们创造了阅读中的悬念,给人以咀嚼期待之后的满足。

那么故事中的行动究竟应当重复多少次?验诸具体的作品,特别是中国古代的叙事经典,我们发现故事讲述人大多看好"三"这个数字:

孙悟空三打白骨精;

宋公明三打祝家庄;

刘玄德三顾茅庐;

刘姥姥三进大观园;

包令尹三勘蝴蝶梦;

苏小妹三难新郎;

唐伯虎三笑姻缘……

这些"三"表现为人物的行动与阻遏的力量之间有三次交锋:或遭遇三次挫折,或发动三次挑战,或经历三次选择,或逾越三重关隘。

童话是形式最为"透明"的叙事,从童话中可以观察到许多有形无形的"三":主人公多半在兄弟中排行第三,老大老二的失败导致了他的第三次出征;他常常在三岔路口煞费踌躇,最后选择了最不起眼的第三条道路;他一般拥有三件法宝,以此去对付三个敌人或抗拒三种诱惑,最后那个敌人或诱惑往往被证明是最厉害的,而他的第三件法宝又是最了不起的;他最终获得的奖赏可能又是要在三件奖品中选择,他出人意外地选择了第三件,而事实证明他做出了最佳选择。

假如真实世界中的人真能有机会去虚构世界旅行,那么授予这种"三"字真言,这位幸运儿一定能逢凶化吉,遇难呈祥。

除了行动的重现外,人物的数量也是叙事中"以数取美"的一个关键因素。不管叙事学界对人物与事件的关系有何争论,人物总是行动的主人或者说事件的执行者。人物的数量与行动的数量存在某种因果关系:唐僧有三位徒弟,所以妖魔来了总有三番厮杀;对方有三位魔头,孙悟空便不得不三度降妖。这也就是说,进攻一方人物的数量有可能变成行动的次数,而敌对方面人物的数量有可能变成阻遏的次数,两者之间常常难分彼此。

而且,就是不考虑这种转换关系,人物数量本身也会给人留下强烈印象,直接影响叙述效果。"三女抢牌""三士夺桃""桃园三结义"和"三英战吕布"等,从静态角度看也具有特殊的美感——三个人物指向一个目标,这是一幅多么均衡稳定、集中紧凑的画面!古人云"三人为众",如来当初给唐僧配备三个徒弟,为的是确保西天取经的成功,如果对手也有这样的团队,那么两方的战斗一定难分高下。记得少年时第一次读《西游记》,多少手段高强的单个魔头都未将笔者唬倒,唯独狮驼岭上的三魔组合(青毛狮子、白象加大鹏金翅雕)令我觉得不寒而栗。

点评:西方叙事也重"三",最有代表性的是但丁的《神曲》,其结构为三部曲,每部三十三歌,采用三韵句,情节还有三兽挡道、三神复仇和三头噬恶等。

故事讲述人为什么对"三"情有独钟?

叙事与"三"的不解之缘,首先要从主体方面找原因。故事讲述人的世界观和心理认知,极大地影响着他对数的选择。诺思罗普·弗莱等人主编的《实用想象》如是说:

> 在我们想象的仙境中,钟鸣三下——还有三个愿望、三个儿子三个女儿等等。"三"是我们在叙事作品中期待与满足的一部分,是我们心理学中的一项基本事实。三个圆点,心理学家告诉我们,是每个人作为一个单位来看出的最大的数。再加上一个圆点,许多人就会将其看成为两个单位,每个单位两个圆点。"三"牢牢地固定在我们的观察与思考之中。我们理想的家庭只有妈妈、爸爸和我。所有的生活都有开端、中场和结局。我们所处的世界是一个三维结构。①

引文指出"三"是一个独立的数量单位,这一点与中国传统中"以三为度"的思想不谋而合:汉语中"事不过三"的表述甚多,如"三迁""三思""三省""三立"和"三缄"等,其中最透彻的是司马迁的话——"数始于一,终于十,成于三"。数为

---

① Northrop Frye, Sheridan Baker, George Perkins, Barbara Perkins, *The Practical Imagination: Stories, Poems, Plays*. New York: Harper & Row, 1987, p.7.

何遇"三"而成?显然是因为在事物发展这个三项式上,"一""二""三"分别是前项、中项和后项,因此"三"是结束、成熟和顶点,逾越了"三"便有重新开始的味道。

客体方面的原因也促成了叙事中的"以三为度"。叙事和其他传播一样存在着这样的矛盾:没有反复刺激,接受对象对传播的信息不会留下深刻的印象,但过多的重复又会使接受对象厌倦。因此,叙事中对"度"的掌握是一项关系重大的学问。"以三为度"意在保持矛盾中的平衡——既维持一定的刺激量,又不至于把读者赶跑。刘玄德三顾茅庐,给足了诸葛亮面子,尽显了自己的诚意,但也让关张二弟憋了一肚子的火,这时应当见好就收。倘若处理成四顾茅庐,问题还不很大,还可以理解为"再三再四",但再增加数量就要令人不耐烦了。

"以三为度"实际上有两重意思:毋过毋不及。重复过多固然不好,刺激量不足也是个问题。"三"在这里表现为一项合格标准,事物遇"三"而成,无"三"不立:文章要三段以上才显得丰满,例证要举三个以上才算充实,行动不反复三次也不足以留下深刻的印象。

文学即人学,讲述事件的一个重要目的是为了人物的生成,虚构人物之所以在读者心目中栩栩如生,关键是同类事件的反复发生在读者心目中激发了相关的人格特征。猪八戒见食伸手、见色起心的事件发生过不止三次,所以其贪吃好色的人格特征得以确立。

请注意这里所说的事件是"同类",它们在时间、空间和涉及对象上可以有很大差异，因此重复得多一些不会令人厌倦。有经验的故事讲述人都知道，同类事件越多，激发的人格特征印象就越强烈。《三国演义》中触目皆是诸葛亮用兵如神的事件，因此其智术过人的特征在读者心目中如烙印般深刻。但是，"空城计"之类冒险事件在诸葛亮那里只是偶一为之（而且实属不得已），因此人们一般不会认为诸葛亮喜欢冒险。

点评：国人的姓名多为三字，尽管可以有"二"或"四"的选择，这一点最能说明我们这个民族倾向于"以三为度"。

以前的故事讲述人也懂得"倒带"吗?

叙述一般都是按时间顺序进行,如果需要交待发生在所述事件之前的事件,那就得用上追叙之类的手段,这种情况就像在监控视频上用"倒带"(rewind)方式找到之前的影像记录一样。

中国最初的史传体制是编年体,我把编年体比喻成镶嵌着历史事件的时间之网,它是历史叙事迈向有序化的重要起步,《春秋》和《左传》采用的就是这种体制。编年体的本质特征是"依时而述",它能够使史家保持宽广的历史视野:年复一年的记事容易培养起观察并择要记录事件的习惯,编年体框架的线性延伸特点有利于追踪人物行动的全过程。

以《左传》对晋文公重耳故事的记载为例:僖公四年、僖公二十三年、僖公二十四年、僖公二十七年和僖公二十八年这五个叙述单元,分别对应重耳从"避乱出逃""流亡列国""回晋为君""中兴晋室"到"伏楚称霸"这五个阶段,重耳从"避乱出逃"到"伏楚称霸"实际历时二十四年,如果按编年体分年记事的做法,在每年中都拿出一定篇幅来记述重耳蜿蜒曲折的踪迹,那么《左传》的叙事将显得散漫呆板,左氏把这个故事放在代表五个阶段的五年内集中讲述,天才地缓解了依年布事与事系于人的矛盾。

当然，这期间有许多重要行动并不在这五年内发生，但它们又是后续事件的先导与原因，左氏遂用追叙将它们介绍一番，通过这样的"倒带"方式使其与该年内相关事件发生衔接。追叙在《左传》中往往被"初"字引导，这个提示符在《左传》中共出现86次，仅这个数字便显示出左氏使用"倒带"方式何其频繁！

追叙也不一定就要用"初"字引导，僖公二十三年距重耳出逃的僖公四年已有十九年之久，这时重耳已从狄、卫、齐、曹、宋、郑、楚等国流亡至秦，左氏用"晋公子重耳之及于难也"之句导入追叙，一笔兜回到当年的逃亡起点，再用"晋人伐诸蒲城"承接僖公四年的"重耳奔蒲"，然后有条不紊地记述这十九年来重耳流亡列国之事，直至秦人送其归国的前夕。

至此，重耳出逃与流亡的事件全线合龙，接下来便开始正面记述重耳归晋与中兴的后续事件。

编年体框架为《左传》叙事提供了宏大的结构：上述重耳故事仅为冰山之巅，它实际上从属于一个更大的故事序列——晋国由乱返治，这个故事序列从庄公二十八年晋献公伐骊戎娶骊姬开始，至僖公二十八年晋楚城濮之战达到高潮，僖公三十三年晋秦崤山之役（重耳死于头年冬天）与文公二年的晋秦彭衙之役是其尾声。而这个晋国在僖公年间衰而复强的故事序列，在列国春秋中又不过是一段有声有色的插曲。

如是观之，《左传》的编年体框架不啻是叙事文本走向鸿篇巨制的桥梁，整个269年的史事被编织成一个有机联系的

五、策略

春秋故事总成,这与《春秋》"断烂朝报"式的叙述实不可同日而语。

点评:左氏用追叙挑战了不可逆的时间流逝,实现了全知叙述者从"现在"向"过去"的"闪回",为呼应、联络被年度壁垒隔离的相关事件创造了条件。

编年体与纪传体孰优孰劣？

历史事件既不会均匀平衡地散布于各个时间区域，也不会井然有序地次第发生，它们可能在一段时期内相对沉寂令史家觉得无事可述，也可能差不多于同一时刻交集纷来使人目不暇接，因此按照时间不可逆的线性方向实行按部就班的分年记事，并非达到叙事目标的最理想手段。

如上所述，左氏将历时二十四年的重耳兴霸事迹集中在五年内讲述，体现了他对编年体局限已有所认识，并试图通过这种集中讲述来缓解依年布事与事系于人的矛盾。可是，历史老人不会体谅故事讲述人的艺术匠心，在那五年内还是有一些与重耳兴霸无关的事件发生，左氏不可能回避它们，于是那五年的记述仍然是鱼龙混杂的。人物是行动的主体，叙事艺术要上台阶，就要从浮泛笼统的罗列中摆脱出来，将重心放在与核心人物有关的事件上。

纪传体就是在这种情况应运而生。在一般人的心目中，纪传体是与《史记》紧紧联系在一起的，但在司马迁正式开创这种史体之前，先秦史著中已有这种体制的萌芽。除了编年体这种"依时而述"的思路外，史传也可将历史记事的另一要素——空间作为记述线索。《国语》体现了这种"依地而述"的思路，它先记周语，然后分别记述鲁、晋、郑、楚、吴、越等列国之语。

"依地而述"不具备"依时而述"的系统性,但它避免了《左传》中那种须在同一时间内记述多国史实的麻烦,可以实行集中程度更高的叙事。比较《左传》与《国语》(特别是《晋语四》)中对重耳故事的叙述,可以看出甩脱了掣肘的后者已经露出单独为某位人物作传的端倪。《国语·吴语》对吴王夫差故事的讲述更为集中,整篇《吴语》中没有一点其他事件的干扰,完完全全是一部关于吴王夫差的传记。这种对"一人一事"的集中传述不但是对编年体的超越,同时也是纪传体的先导。

如果说时代对纪传体的呼唤在《国语》中得到初步回应,那么在《世本》这部先秦晚期的史著中,纪传体展示了它的雏形。据史学界人士考证,《世本》成于战国赵王迁时期(前235至前228年)的史官之手,该书体例分帝系、本纪、世家、传、谱、居、作、氏姓、谥法等,其中"帝系"记黄帝以来尧、舜、禹等帝王世系,"本纪""世家"与"传"各记帝王、诸侯与卿大夫的事迹,"谱"中又分出"王侯谱""卿大夫谱"等系列,这五种分类体现出以人物为叙事轴心的鲜明特征。

指出《世本》的拓荒之功,不是要否定司马迁的贡献,而是要说明我们的古人在先秦时代就已萌发了全方位记述史实的伟大思想,并且摸索到了纪传体这种囊括力极强、能够互不相扰地反映各类事物在时空中连续性存在的叙事体制。今天我们读到用纪传体撰就的煌煌"二十六史"时,不能忘记《左传》《国语》中体现出来的顽强探求。没有《左传》

的"依时而述"和《国语》的"依地而述",也就不会有《世本》的"依人而述"。

点评:叙事体制从"依时而述"(编年体)、"依地而述"(国别体)到"依人而述"(纪传体),显示出一种蹒跚而又执着的历史进步。

《诗经》中的《风》为什么排在《雅》《颂》前面？

《诗经》分《风》《雅》《颂》三大部分。《风》里面是从各地采集来的土风歌谣，总共 160 篇；《雅》为正声雅乐，包括《大雅》31 篇和《小雅》74 篇，其中除《小雅》有少量民歌外，大部分都是贵族文人的作品；《颂》则是宗庙祭祀的舞曲歌辞，内容多为歌颂祖先的业绩。如果按照尊卑贵贱的次序，《风》似乎应该排在《颂》和《雅》之后。

那么《诗经》为什么会排出《风》《雅》《颂》这样的序列来呢？

体量显然是这种安排的一个原因，《诗三百》中《风》的数量占了一半有余，把这支队伍作为第一方阵，可以说是当仁不让。另一个原因是当时的统治者重视采风，采风者不单要用文字做出记录，回到朝廷时还要按原腔原调予以讽诵，这从制度上决定了十五国风需要首先被听取。第三同时也最为重要的一个原因，是《风》的思想性和艺术性明显高于《雅》和《颂》，今人能记住的《诗经》内容基本上都出自《风》。

有趣的是，如果引入宏大叙事（grand narrative）和私人叙事（private narrative）这对概念，就会发现《风》的成功与其主要是私人叙事有关。宏大叙事反映宏观历史与上层意志，弊端在于漠视普通人的痛苦；私人叙事则取社会底层的视角，诉说民众个人的悲欢。鲁迅曾再三告诫人们，为官方所不屑的稗官野史和私人笔记，从某种意义上说要比费帑无数、工程浩大的钦定"正史"更为真实。正是因为有私人叙事作为其主体和精华部分，《诗经》才在中国文学史上获得彪炳千古的地位。十五国风中那些细民琐事的烛火荧光，汇聚成了流光溢彩的文学辉煌。《风》《雅》《颂》这样的编排体例，使私人叙事处于一种优先和突出的地位，宏大叙事在这里表现出难得的宽容与礼让，与私人叙事实现了罕见的相互支持与合作。

还可以举一个私人叙事胜过宏大叙事的例子。

苏联作家肖洛霍夫有部作品名为《一个人的遭遇》，从标题看就可看出这部小说属于私人叙事，内容为退伍司机索科洛夫讲述自己的战时经历与家人遭遇。苏联文学中卫国战争题材小说引人瞩目，许多作家都以创作"大型战争史诗"为己任，因而出现了一系列卷帙浩繁的全景式小说，肖洛霍夫也从1943年起着手撰写正面反映这场战争的三部曲《他们为祖国而战》。尽管受到斯大林等国家领导人的不断督促，作者直到去世都未完成自己的计划，反倒是战争结束后与小说主人公原型的一次偶遇，令其一挥而就写出《一个人的遭遇》。索科洛夫那"吝啬而伤心的男人的眼泪"，唤起了成千上万读者的共鸣，因为他们和书中人物一样都有过家破人亡的遭遇。莫斯科电台于1956年元旦广播这部小说，许多市民伫立在寒风呼啸的街头流泪聆听，结果这部中篇成为苏联卫国战争题材文学中的扛鼎之作。"一个人的遭遇"引起全民族强烈共鸣,这是私人叙事魅力的极好说明。

点评:文学与私人叙事天然有缘,但私人叙事与宏大叙事也不是水火不容,托尔斯泰《战争与和平》和雨果《悲惨世界》中,两者都有相当默契的配合。

朵拉和小狗吉普的关系模拟了什么?

狄更斯的《大卫·科波菲尔》中,朵拉与小狗吉普的关系模拟了周围人与朵拉的关系,两者的结构极为相似:朵拉把吉普当玩具,一再让它站在一本厚书上作表演,这是暗喻周围人拿朵拉当玩具,而她自己也甘愿做个长不大的洋娃娃。

更有甚者,大卫母亲与朵拉的性格非常相像,这样大卫母亲的命运就体现为一种先兆性模拟,预示朵拉此后的"红颜薄命"。在小说中,读者先读到大卫母亲的性格与不幸命运,后来又读到朵拉也有类似性格,心中不禁会涌上一阵不祥的预感,事件的进展又证实了这种预感。《红楼梦》中,黛玉与晴雯之间也出现过这种结构模拟,晴雯不仅在外貌和性格上模拟了黛玉,其悲惨的下场也让读者隐隐觉得黛玉不会有更好的命运。在这一点上,后四十回的作者高鹗忠实地贯彻了曹雪芹的意图。

倒影模拟也是结构模拟之一种,如图:

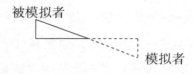

常见的倒影模拟存在于身份相似而内心相反的人物之

间:诸葛亮的鞠躬尽瘁、死而后已与曹操的"名为汉相,实为汉贼"互为倒影;贾宝玉的无意功名与甄宝玉的热心仕进互为倒影。根据雨果在《克伦威尔》序言中提出的美丑对照原则,这些人物的性格特征因此更显突出。

不过这还只是倒影模拟的表面功能,它的更深刻的功能在于它对整个结构进行倒影模拟。贾宝玉与诸葛亮都有丰富的性格特征,它们的组织结构如何?哪种性格特征处于突出地位?读者虽可自行揣度,但作者通过倒影模拟不知不觉地影响了读者。具体来说,曹操的奸诈使人明白诸葛亮身上最重要的是其耿耿忠心,甄宝玉帮助读者认识到贾宝玉的不愿同流合污应在其性格特征的结构中占主导地位。

倒影模拟可以是动态的。阿Q身上以奴性为主,主子气则辅之;赵太爷的性格结构正好相反。然而一旦风吹草动情境变化,阿Q的主子气就会上升,奴性也会下降到最低位置;赵太爷那边正好相反。这种相互交换位置的动态倒影模拟,在堂吉诃德与桑丘、浮士德与靡菲斯特之间也有发生。

同一人物的前后行动、状态等也可以构成倒影模拟,这类手法在小说中运用得十分广泛。《大卫·科波菲尔》中,密考伯先生以借债度日,并发展出一种"虱多不痒,债多不愁"的精神状态以抵御外界压力,但在小说的结尾中他去了澳大利亚,事业小有成就,于是开始忠告年轻人"慎勿举负他们不能清还的债务"。这种倒影模拟实际上强化了密考伯先生过去的品格。类似情况有猪八戒到西天后"肠胃一时就弱了",这也是为标示他过去的"贪吃"服务。

需要指出,这些例子可能被视为人物性格的发展,但实际上这还不能算作一种性格特征演化为另一种性格特征,因为密考伯先生后来的害怕举债与猪八戒后来的不再贪吃,作为性格特征还未获得足够的支撑,小说并没有为此提供足够的材料以使读者产生牢固印象。因此这种情况只能看作是倒影模拟。

点评:结构模拟不同于传统意义上的象征,它通过描写与性格特征无直接联系但结构上相似的东西,引起读者对人物性格特征的某种联想与揣测,从而达到特定的叙述效果。

叙事作品的命名有规律可循吗?

书名像人名一样,太长了不便于人们称呼提说,因此作者常以故事要素(人物、行动、时间与空间等)来做指代。

以人物为名的有《浮士德》《安娜·卡列尼娜》和《高老头》等,以行动为题的有《复活》《崩溃》和《西游记》等,以时间为名的有《九三年》《镀金时代》和《子夜》等,以空间为名的有《第四病室》《水浒传》和《巴黎圣母院》等。

故事要素也可以携手出现在标题中,形成"人物与空间""人物与时间""空间与时间"和"行动与空间"等排列组合。属于"人物与空间"的有《老人与海》《雅典的泰门》和《高加索的囚徒》等,属于"人物与时间"的有《一个地主的早晨》《伊凡·杰尼索维奇的一天》和《亨利·勃吕拉的一生》等,属于"空间与时间"的有《里斯本之夜》《城与年》和《上海的早晨》等,属于"行动与空间"的有《柯林斯的围攻》《盗窃欧洲》和《保卫延安》等。

还有些作品用故事中穿针引线的物品为名,如《项链》《月亮宝石》和《桃花扇》等,这些物品与行动关系密切,故事实际上围绕着它们展开。还有一些作品用冲突双方为名,如《阴谋与爱情》《傲慢与偏见》和《灵与肉》等,这些冲突在故事中均展开为具体的行动。

直接亮明作者观点也是一种办法。《贫非罪》直言贫穷不是罪过，《永别了，武器》呼吁消灭一切战争，《爱，是不能忘记的》宣示一种人生体验。俄罗斯作家爱用带问号的标题，如《谁之罪？》《谁在俄罗斯能过上好日子？》和《钢铁是怎样炼成的？》等，其答案显然藏在作品之中。《怎么办》则采用了自问自答的方式：正题（"怎么办"）问的是反对专制制度应当"怎么办"，副题（"新人的故事"）回答必须产生一批"新人"，由他们来实现空想社会主义的理想。

叙事作品的标题大多朴实无华，但还是有些隽永蕴藉的名字读来回味无穷。《红字》中女主角因通奸罪而被迫戴上代表 Adultery（通奸）的红 A 字，但实际上这又是对其善行的赞美——Angel（天使）的首字母也是 A。因此这个标题传递的信息是：人生不可能没有过失，那些坦然承受罪责并以善德为救赎的人却能将罪孽化为荣耀。

妙不可言的还有《死魂灵》。俄语中"魂灵"即"农奴"，这个标题看上去是指主人公四处奔走购买已死但未销籍的农奴，实际上它却含有深刻的寓意：俄国地主阶级的精神状态已经堕落到不可救药，他们才是不配在生活中存在的"死魂灵"。

我最欣赏的是列入中学语文课本的《药》。故事中革命者的鲜血竟被无知的百姓用作治肺痨的药，这标题中包含的巧妙而又触目惊心的构思启示了辛亥革命失败之因——先行者和后觉者之间存在着可悲的隔阂，同时也流露出作者更深一层的思想——先烈的热血确实也应当成为启迪蒙昧的灵药。

点评：标题在文本中处于最显眼的地位，它关系着作品意图的传达，是一种浓缩了故事要义和精华的叙述。有些标题虽然只有寥寥数语，却似有千言万语令人咀嚼不尽。

六、感知

盖茨比的车是什么颜色？

《了不起的盖茨比》中，主人公盖茨比那辆车的颜色确实很难断定。因为在不同人物的眼中，那辆豪华轿车呈现出不同的颜色：尼克觉得它是"奶油色"，米切里斯说它是"浅绿色"，而汤姆、威尔逊等其他人则认为它是"黄色的"。之所以出现这种情况，是因为菲茨杰拉德用笔涂出的是一种主观的"心理颜色"，也就是说不同的眼睛会看到不同的颜色。

菲茨杰拉德不是画家，但他喜欢并擅长于用

文字描绘五彩缤纷的颜色,可以说他从不放过任何一个为其所写之物"着色"的机会。随着各种颜色的频繁出现,读者会逐渐悟出这些颜色后面存在着另一套意义系统——以蓝色和黄色为对立两极的颜色语言在小说中展开了它们自己的叙述:蓝色是菲茨杰拉德喜欢的,月光下的大海就是这种颜色,它代表纯洁与浪漫;黄色是作者鄙视的,它让人想到金钱,暗示腐败与铜臭。

颜色这种次级符号,让小说中的文字叙述变得更加含蓄——作者只要给故事中的人与物涂抹上几笔色彩,读者就能隐隐察觉其褒贬爱憎。例如,盖茨比常被置于蓝色或其相近色的背景上,汤姆、黛西之流则被套在黄光圈中。至于其他次要人物,乔丹的"金黄色肩膀"透露了她的内心,威尔逊太太的"有油渍的深蓝双绉连衣裙"介绍了她的处境。

当然,如果仅仅局限于寻找这类贴标签式的手法,那未免低估了菲茨杰拉德的叙事艺术。他使用颜色作为次级符号,目的在于像绘画那样用颜色来传达语言文字难以携带的复杂信息。菲茨杰拉德心目中的颜色系统乃是一个动态过程:

蓝→绿→黄→白

在西方人的眼睛里,植物在生长过程中会发生这一系列颜色变化:蓝色和绿色中寄寓着纯洁、稚嫩与希望,而当黄色与白色出现时,则意味着成熟与衰败的到来。菲茨杰拉德将这一变化过程运用到他的人物身上,这样盖茨比的色调被定位为外黄内蓝——正处在变皮未变心的阶段。小说中盖茨比开一辆黄色的华丽轿车,住在金碧辉煌的华丽住宅里,然而他却常站在蓝色(原文如此)的草坪上黯然神伤,眼瞳中映着远方黛西家码头上那盏绿灯。

外黄内蓝体现了作者对这个人物的真实评价——外表腐化内心纯洁,这样,颜色语言倒更为传神地道出了盖茨比的实质,我们从这种颜色的配置上听出了作者的心声。盖茨比的颜色说明了他在那个社会中还嫌"嫩"了一些,不过这正是他受读者欢迎的原因。如果假以时日,盖茨比也会彻里彻外地变黄变白,但作者让其死在尚未完全变黄的瞬间,也算是成全了这个人物。

盖茨比虽然势孤力单,无辜地死于黄色力量之手,但这笔账还是被作者用隐喻方式记下了:公路旁那幅为眼科大夫所作的广告画上,一双"蓝色的,庞大无比的"眼睛守望着发生过的一切。

点评:蓝绿黄白等颜色介入叙事后,文字符号之外便有了彩色的影子之舞,这种"舞蹈"向读者发送了大量颇耐消化的消息。

庞德在地铁车站里看见了什么?

美国意象派诗人庞德最为得意之作,似属其删繁就简后的《地铁车站》,该诗改到最后只剩下两行:"人群中这些面孔幽灵一般显现/湿漉漉的黑色枝条上的许多花瓣。"现在人们说起庞德多半会提到这首诗,它在汉语世界至少有九种不同的译文版本。庞德本人说他的灵感得之于巴黎地铁的协约车站:

> 三年前在巴黎,我在协约车站走出了地铁车厢,突然间,我看到了一个美丽的面孔,然后又看到一个,又看到一个,然后是一个美丽儿童的面孔,然后是一个美丽的女人。那一天,我努力在寻找能表达我感受的文字……①

那天地铁里肯定有无数形形色色的身影从庞德身边经过,诗人记住的却是那一个个跃入眼帘的美丽脸庞,这就是面容对诗人心灵带来的扰动。世间万物中给心灵带来最多扰动的,或许非人类自身的面容莫属。作为文学的永恒主题,爱情在许多故事中发端于两性面容的相互吸引与悦纳。

---

① 袁可嘉、董衡巽、郑克鲁选编:《外国现代派作品选》,上海:上海文艺出版社,第1册,1983年,第130页。第1个注释。

读者在作品欣赏过程中如与一张俊俏的脸蛋不期而遇,就应为随后有故事发生作好心理准备,迈尔·斯腾伯格有个重要观点——"一个被描述为相貌好看的女人迟早会成为爱或欲望的对象"①,而越是好看的面孔越能激起人物的追求欲望。

王实甫《西厢记》中有对"一见钟情"的完美阐释。崔莺莺的"宜嗔宜喜春风面"令张君瑞魂不守舍,坠入情网后他反复念叨"可喜娘的脸儿百媚生",脑海中挥之不去的是意中人的顾盼,如"怎当他临去秋波那一转""小姐呵,你不合临去也回头望"和"那小姐好生顾盼小子"等。张君瑞的形象同样在莺莺心中搅起层层涟漪,红娘发现她"自见了那生,便觉心事不宁",她自己也承认"从见了那人,兜的便亲……想着文章士,旖旎人,他脸儿清秀身儿俊,性儿温克情儿顺,不由人口儿里作念心儿里印"。

莎士比亚《罗密欧与朱丽叶》中也有同样的"惊艳"场面。朱丽叶第一眼看到罗密欧后便吩咐乳媪:"去问他叫什么名字。——要是他已经结过婚,那么坟墓便是我的婚床。"罗密欧则形容朱丽叶"脸上的光辉会掩盖了星星的明亮……瞧!她用纤手托住了脸庞,那姿态是多么美妙!"

过去大多从人物塑造角度看待此类描写,笔者认为它们更重要的作用是拧紧故事的动力发条——面容的吸引力与人物的行动力成正比,要让读者相信故事中那些迹近疯狂的

---

① 迈尔·斯腾伯格:《静态的动态化:论叙事行动的描述词》,尚必武译,"第四届叙事学国际会议暨第六届全国叙事学研讨会"(2013·广州)大会交流论文。

行动是可能的,先得充分展示面容对行动者内心的剧烈扰动。

　　庞德如果生活在今天,可能会对各种屏幕上出现的人脸产生更多感触。今人消费故事的主要方式正在经历由读书向读屏的转变。不管是在哪种显示屏上,只要被拍摄的场面中有人物出现,镜头在面容上停留的时间都会远远长于其他对象,如今电影院的宽银幕、体育场的超大屏幕和会场的液晶显示墙上,常可看到比原貌大数十乃至上百倍的人脸。

　　点评:传媒变革已将面容推到前所未有的高位,影像艺术如今已成叙事的主力军,面容与文学之间的关联还将被进一步强化。

穷人身上是种什么样的气味？

获奥斯卡奖的韩国电影《寄生虫》，告诉我们什么是穷人的气味——那气味来自垃圾食品、低矮的地下室、发霉的墙壁和收集的破烂，以及街头无赖在窗前洒下的尿液。穷人固然可以乔装打扮去和富人打交道，但他们无法掩饰自己身上气味的不雅，所以电影中富人家的孩子会说"你们身上有同样的味道"。

气味在电影中只是一种譬喻，它更多指的是贫穷在人们语言、表情和行为上打下的烙印。有些人已经摆脱了穷困，但许多习惯性的东西一时难以去除，在社会上仍要承受暴发户（new money）之类的嘲讽，所以欧洲有句老话是"三代才出一个贵族"。

气味人人皆有，穷人去不掉身上的气味是因为环境所限，富人不但有条件保持自己的个人卫生，避免沾染各种各样的异味，还能用高档香水为自己创造芬芳宜人的气味形象。亨利·列斐伏尔有空间生产关乎身体能量释放的说法，这一说法让人想到犬类动物用尿液宣示自己的势力范围，而人类的喷洒香水则是一种生产嗅觉空间的行为。

前面提到《红楼梦》中贾宝玉来秦可卿住处午睡，房内那"一股细细的甜香袭人而来"，让情窦初开的"宝玉觉得眼饧骨软,连说'好香'",这些文字散发出一股暧昧气息,贾宝玉就是在这种氛围中"初试云雨情"(梦遗),读者也心领神会地感受到房主本人的风流多情性格。

《红楼梦》还有几处嗅觉叙事不可不察。第八回贾宝玉发现薛宝钗身上有"一阵阵凉森森甜丝丝的幽香",询问之后得知香味来自其所服的药丸,但他对这种气味似未表现出特殊的兴趣。

与此不同,第十九回贾宝玉闻到林黛玉袖中有股幽香"令人醉魂酥骨",他觉得"这香的气味奇怪,不是那些香饼子、香毬子、香袋子的香",而黛玉又不像宝钗那样有人专门为其炮制冷香丸,因此这香味只能是与生俱来的体香(电影《香水》的主人公为获取少女体香而杀了十多个人)。受此气味吸引,宝玉强行"拉了(黛玉的)袖子笼在面上,闻个不住",两人关系至此变得更为亲密。

汉语中有个形容双方合得来的成语叫做"气味相投",现代人自然不会单凭嗅觉做出判断,但有形无形的气味仍会决定我们对他人的印象与感觉。每个人的生命都始于娘胎,寻觅母亲的气味是人类最初的本能。有人做过这样的试验:在新生儿头部一侧放一团沾过其母乳汁的棉球,另一侧放上沾过别人乳汁的棉球,结果无论怎样调换棉球的位置,新生儿都会把头转向有自己母亲气味的一侧。

这个试验让人想到捕食归来的企鹅在成百上千的同类中凭气味找到自己的家人,人类祖先当年应该也是这样在丛林世界中寻寻觅觅。卡尔维诺在小说《名字,鼻子》中说:"当时难道不是这样吗？在南美洲的大草原上,森林和沼泽用各种味道编织了一张网,我们低着头在其间奔跑,保持与大地的接触,同时借助双手和鼻子找寻道路。所有我们应该知道的东西,我们都首先用鼻子来获得,而不是眼睛。"[1]

点评:汉字"鼻"的本字为"自",每个人用手指"我"时都会指向自己的鼻子,可见嗅觉对人类沟通具有特殊的意义。

---

[1] 卡尔维诺:《名字,鼻子》,载卡尔维诺:《美洲豹阳光下》,魏怡译,南京:译林出版社,2015年,第89页。

小铃铛的声音为什么一再在马塞尔耳边响起?

就多数人的听觉经验而言,曾经听到过的声音皆已随时间沉入忘川,它们不可能重新回到自己耳畔。然而在普鲁斯特《追忆似水年华》最后一部的结尾部分,主人公马塞尔在自己生命的最后几年中,总能听到自己脑海中有一只小铃铛在丁冬作响,这声音在其童年时代意味着斯万先生终于走了,父母亲正在送他下楼,他们很快就要上楼来回到自己身边:

> 那串丁冬声在那里绵绵不绝,还有在它与现时之间无定限地展开的全部往昔——我不知道自己驮着这个往昔。当那只铃儿发出丁冬响声的时候,我已经存在,而自那以来,为了能永远听到这铃声便不许有中断的时候,而我没有一刻停止过生存、思维和自我意识,既然这过去的一刻依然连接在我身上,既然只要我较深入地自我反省,我就仍能一直返回到它。①

小铃铛声音在人物幻觉中重新响起,代表着业已流逝的"似水年华"开始了反向流动,作者是想通过这一幻听事件说明:时间固然是一去不返,但失去了的未必真正完全失去,每

---

① 马塞尔·普鲁斯特:《追忆似水年华》(下卷),李恒基、徐继曾等译,南京:译林出版社,2001年,第2257—2258页。

个人身上都"驮着"自己的"往昔",只要认真追寻还能把失去了的东西抓住。普鲁斯特此处不是第一次讲述人物对铃声的幻觉,小说此前曾写马塞尔在梦中打铃召唤仆人,醒来后发现这不过是梦,但他"分明听到了阵阵铃声,那铃声几乎不耐烦了,怒气冲冲,声犹在耳,而且一连好几天仍然依稀可闻"。①

《追忆逝水年华》标题的直译为"寻求失去的时间"(A la recherche du temps perdu),要在一部非科幻的故事世界里实现与往日自我的重逢,或许只有通过因听觉的不确定性而引发的迷思。引文中听见小铃铛丁冬声的"我"行将进入生命的长眠,此前作者还多次叙述主人公在似睡非睡、似醒非醒之际的听觉感知,这些迷离恍惚的聆听都是在不辨此身安在的境地中发生,因而能从容实现今与昔、真与幻之间的往复跨越。

《追忆似水年华》的汉译长逾240万字,未能细读全书的中国读者多半是通过别人的介绍获悉著名的"小玛德莱娜点心"片断——成年后的主人公再次品尝这种茶点时想起童年旧事。但是必须指出,小说中"因听而忆"的分量远远超过了"因味而忆",因为味觉唤起的记忆指向过于具体,而听觉的不确定性带来的却是一种让人浮想联翩的发散性思维,所以作者在叙述声音事件时经常下笔不能自休。

小说中的事件一般都是指人物的行动,普鲁斯特却以采

---

① 马塞尔·普鲁斯特:《追忆似水年华》(中卷),李恒基、徐继曾等译,南京:译林出版社,2001年,第1395页。按,据牛汉等人回忆,胡风出狱后罹患严重的幻听症,耳边不时响起的厉声斥责令其苦不堪言。

撷自己脑海中的朵朵思絮为叙事的主要内容,这种独辟蹊径的内向开掘使其在法兰西文学圣殿中登堂入室。高尔基曾说叶赛宁是"造物主造就的一个有不同凡响的诗才的器官",①普鲁斯特也是这样一种"诗才的器官",我们甚至可以说他是一只超级灵敏的耳朵,其功能之强大在于能再现生活中一个个美好的听觉瞬间。

点评:时间不可能摧毁一切,每个人身体内部都留有与过去的千丝万缕联系,我们的记忆深处永远有一座铃铛丁冬作响的真实乐园。

---

① 高尔基:《忆叶赛宁》,苏卓兴译,载《国际诗坛》(第5辑),王庚年、杨武能、北岛、吴笛等译,桂林:漓江出版社,1988年,第186页。

《简·爱》的女主人公真的听见了罗切斯特的呼唤吗?

您可能记得《简·爱》中这个情节:女主人公发现罗切斯特是有妇之夫后伤心离开,接纳她的圣约翰(后来发现此人还是她的表兄)希望她跟随自己前往印度传教,就在简快要屈服于其劝说攻势之际,远方罗切斯特对自己名字的不断呼唤如神差鬼使般地传入她的耳中,这一呼唤不但令其下定决心拒绝圣约翰,还把她召回到亟需照顾的罗切斯特身旁。事后罗切斯特说自己正是在那天晚上不断呼喊简的名字,并且听到了带有简本人口音的回答——"我来了,等着我"和"你在哪儿"。[①]

按照小说中的描述,当时的罗切斯特与简之间隔着36小时以上的马车车程,如此遥远的距离居然未能阻挡住两人之间的声气相通,这对一部现实主义的小说来说未免有点不合情理。或许是由于此前出现的"阁楼上的疯女人"抢占了读者太多的注意力,读者一般不会意识到在业已设定的故事逻辑中,男女主人公的隔空应答乃是一件不可能之事。

[①] 夏洛蒂·勃朗特:《简·爱》,祝庆英译,上海:上海译文出版社,1980年,第551页。

近乎灵异的听觉事件在我们的古代作品中也是屡见不鲜。《红楼梦》第十二回贾瑞被王熙凤害病后百般延医无效，无奈之际忽有跛足道人来门口说是能治冤业之症，"贾瑞偏生在内就听见了，直着声叫喊说：'快请进那位菩萨来救我！'"引文中的"偏生"二字，显示躲在叙述者身后的作者有意要读者注意这一事件的神奇性质——病入膏肓的垂危之人，居然能清楚听见门外跛足道人的声音！

同样的情况发生于小说第二十五回，贾宝玉和王熙凤被马道姑施魇魔法后命悬一线，就在"两口棺椁都做齐了"的关键时刻，作者再度祭出自己的拿手法宝：

> 正闹的天翻地覆，没个开交，只闻得隐隐的木鱼声响，念了一句："南无解冤孽菩萨。有那人口不利，家宅颠倾，或逢凶险，或中邪祟者，我们善能医治。"贾母、王夫人听见这些话，那里还耐得住，便命人去快请进来。贾政虽不自在，奈贾母之言如何违拗；想如此深宅，何得听的这样真切，心中亦希罕，命人请了进来。众人举目看时，原来是一个癞头和尚与一个跛足道人。

按照常理来说，"白玉为堂金作马"的贾府应当听不见市井之声，然而让贾政也感到"希罕"的是，那一僧一道的念叨和木鱼声竟能穿透重门高墙，让深宅之中的众人"听的这般真切"。

灵听事件让人想起古希腊戏剧中的"机械降神"（Deus ex machina），在欧里庇得斯等人的戏剧中，每当剧情陷于不可"解"的胶着状态，便有扮神的演员借助某种机关出现在舞台上,给整个故事带来出人意料的大逆转。亚里士多德曾用"情节中不应有不近情理之事",对这种手段做出过委婉的批评。不过以上提到的事件虽有神异成分,却还未像"机械降神"那样"不近情理"——毕竟人们都知道,有时候人的听觉会灵敏得不可思议,许多读者或许还特别喜欢这种"心有灵犀一点通"式的神秘情节。

点评:不管是灵听事件还是机械降神,其功能在于改变业已形成的行动趋势,使故事情节向新的方向发展。

您被"檐水"淋湿过吗？

英语中表示偷听的词语甚多，其中 eavesdrop 一词形象地对应落入他人彀中的偷听。eaves 为屋檐，eavesdrop 为顺着屋檐流下来的檐水，立于屋檐之下除了表示"听墙根"之外，还多了一层被檐水淋湿的意涵——偷听者既然侵入了别人的私密空间，那就必须为其行动付出代价，这就像潜入他人屋檐之下难免会被檐水淋到一样。

偷听之所以为"偷"，是因为偷听者并非说话人真正的交流对象，一旦说话人觉察到有人在偷听，他会立即停止说话甚至会追究谁在偷听，《哈姆莱特》中的波洛涅斯就是因为躲在窗帷后偷听，被愤怒的王子一剑刺死。

另有一种情况是说者明知自己被偷听，为了某种目的却佯装不知，将计就计地把偷听者变成真正的受述者（narrator）。《汤姆叔叔的小屋》中，圣克莱尔为了向妻子玛丽证明汤姆是个虔诚的基督徒，透露出自己曾听到汤姆为自己祷告，但是玛丽并不相信这一点，她说"也许他猜到你在偷听。我过去听说过这套把戏"。[①]

玛丽所说的"这套把戏"，正是偷听对象对偷听者的反

[①] 斯托夫人：《汤姆叔叔的小屋》，林玉鹏译，南京：译林出版社，2010年，第181页。

制,她以为汤姆已经觉察到圣克莱尔在偷听,于是假装虔诚地为男主人祈祷,而相信了这一点的圣克莱尔实际上是中了汤姆之计。从故事世界的实际情况看,玛丽此言是以小人之心度君子之腹,但她所说的"这套把戏"确实是偷听对象的一种反制策略。

在被偷听对象反制的偷听者当中,《三国演义》的蒋干是被"檐水"淋得最湿的一个。第四十五回中蒋干看到和听到的一切,其实都出于周瑜的设计,因此他的偷听实际上是一种"被偷听",他对信息碎片的拼凑也是按东吴方面的意图进行,结果他带回去的情报让曹营自损两员大将。

偷听者和偷听对象本来是主动方和被动方的关系,蒋干被周瑜玩弄于股掌之上的故事,让我们看到这种关系被完全颠倒,犹如被猫儿追赶的老鼠反过来摆布和捉弄猫儿,蒋干这个人物之所以会让古往今来的读者忍俊不禁,原因正在于此。

但也不是所有的偷听者都会被"檐水"淋湿。《红楼梦》第二十七回中,一路扑蝶而来的薛宝钗无意中听到红玉在对坠儿说悄悄话,这时她想到"今儿我听了他的短儿,一时人急造反,狗急跳墙,不但生事,而且我还没趣",于是故意喊道"颦儿,我看你往那里藏",并问两位丫鬟"你们把林姑娘藏在那里了"。这一金蝉脱壳之计不仅使她自己免于"湿身",还把无辜的林黛玉推到了"檐水"之下,薛宝钗的机智和狡猾于此暴露无遗。

不过林黛玉确实是靠飘进耳朵里的一言半语来把握形

势。小说多次写她在里屋卧听丫鬟们在外屋的谈话,这种对耳朵的训练使她的听觉变得比常人灵敏,形象地说,林黛玉就像是大观园中一只靠听觉来侦察危险的兔子,任何风吹草动都会引起其惊惶与警惕。

点评:人们常常意识不到自己正处在他人"屋檐"之下,甚至觉察不到"檐水"已淋到自己身上,叙事作品中的相关书写正是建立在这一事实之上。

缉毒犬为何狂吠不已？

微信上看过这样一个视频故事：某人过海关时遭缉毒犬狂吠，警察对其周身上下作了极其严格的检查，甚至把他携带的行李包括一只玩具熊查了个底朝天，但就是发现不了毒品的痕迹。这位无辜者最后认真看了一眼缉毒犬，方才认出它就是自己当初遗弃的宠物。

缉毒犬的任务是嗅出毒品气味，发现有这种气味存在便要发出特定的吠声，这是它受训时与缉毒者之间达成的意义约定，被嗅的对象与在场的所有人都知晓这一约定，也就是说听到缉毒犬大声吠叫，便知道被嗅者大概率携带了毒品。

然而这回缉毒犬遇到的是自己的旧主人，曾经是宠物的它与主人之间还存在着另一种意义约定，这就是吠声为宠物自身的情感流露（如欢迎主人回家）。这种约定发生于它变成缉毒犬之前，所有的宠物犬都是这样用吠声来与主人交流。

故事中缉毒犬认出自己的主人后，犬类的本能战胜了后天的规训，缉毒训练时建立的符号体系轰然倒塌，此时它的吠叫已不再是发现毒品的声音信号，而是在传递"我终于找到你了"这样的意涵。

缉毒犬本应将自己的注意力聚焦于毒品气味，但主人气味的出现（还包括其形貌与声音）导致其嗅觉感知陷于失焦

(out of focus)。失焦带来的是紊乱,这一瞬间它不知道自己是工作犬还是宠物。

失焦为感知生活中的常态,是一个值得深入研究的叙事范畴。当代电影中经常出现模糊不清的镜头,现代绘画中有些作品也不是那么清晰,但它们都有自己独特的审美价值。

缉毒犬的嗅觉失焦只发生于瞬间,人类听觉的聚焦与失焦却在时时来回切换。我们之所以有眼睑而无"耳睑",关键在于我们的祖先需要用听觉来保障自己的安全——当其他感觉尤其是视觉进入休息状态的时候,大脑中枢仍让听觉继续值班。不管是在什么时间段,我们的耳朵总在收集和处理各种各样的听觉信息。

与此同时,为了避免听觉神经工作得过于辛苦,大脑中枢又让耳朵关联了一套"精密的心理机制",《音景》一书的作者夏弗说它"可以过滤掉那些你不愿意听到的声音,目的是聚焦于那些你想听到的声音"。①

这也就是说,这套精密的心理机制会让耳朵对极少数声音产生特殊的敏感,同时又对无关紧要的更多响动充耳不闻。需要看到,在被那些有特殊意义的声音触动之前,所有的听觉信号在听者来说皆如秋风之过马耳,他对外界的响动完全没有任何预期,但是一旦这种无所用心的失焦状态被某些声音触动,听觉神经便会不由自主地转成紧绷的聚焦模

---

① R. Murray Schafer., *The Soundscape: Our Sonic Environment and the Tuning of the World*, New York: Knopf, 1977, p. 11.

式,这时"无心"变成了"有意",漫不经心的被动感应顷刻间变成了全神贯注的主动聆察(auscultation)。

聚焦与失焦之间的来回切换,让我们看到两者的相辅相成:有聚焦必有失焦,聚焦于此必失焦于彼。这话说白了就是一个注意力在何处集中的问题,在此处集中注意力,必然伴随着对他处的忽略或罔顾。

点评:聚焦在叙事学领域是个高频词,人们热衷于归纳各种聚焦方式,然而很少有人想到聚焦的对立面失焦,这方面的研究亟待加强。

曹操为什么要杀吕伯奢全家？

　　《三国演义》第四回写曹操逃难时受到吕伯奢一家的热情接待，多疑的曹操先是听见"庄后有磨刀之声"，后又"窃听"到有人说"缚而杀之，何如"，遂与同伴"拔剑直入，不问男女，皆杀之，一连杀死八口"，最后搜查到厨房里才发现主人家"缚一猪欲杀"。

　　闹出这场天大的误会，用时下流行的话来说就是"脑补"得不对——曹操以小人之心度君子之腹，把听到的片言只语加以补充，编织成一个正待执行的杀人计划，殊不知人家要杀的是准备款待自己的猪。

　　叙事学称"脑补"为"二次叙述"，也就是将碎片状话语编码为可以理解的信息。说得更清楚一些，"二次叙述"是用可能发生的事件填充信息碎片之间的空隙，使之黏合为一个逻辑上自洽的故事文本。赵毅衡在《广义叙述学》中说：

> 二次叙述无法把文本还原，或是"归化"到一个事件的原始形态。二次叙述能做的，只是把叙述理顺到"可理解"的状态，而"可理解"的标准，则是人们整理日常经验的诸种（不一定非常自觉的）认知规则，所谓"还原"是

还原到"似真",即整理到与理解日常经验相似的方式。①

换而言之,人们根据自己的"日常经验",将获取的碎片信息"理顺"到"可理解"和"可认知"的状态,就是在作"二次叙述"。曹操完成了这一操作,但他的行为证明了引文中所说的"二次叙述无法把文本还原,或是'归化'到一个事件的原始形态"。

此外,由于无法实现彻底的"还原"或"归化","二次叙述"与"事件的原始形态"之间总会形成一定的张力,这种张力也为故事讲述平添了许多意趣与悬念。

莫泊桑《羊脂球》中的商人卢瓦佐是一个有意偷窥和偷听的"惯犯",起先他在马车上"竭力用眼睛在黑暗中搜索",发现了羊脂球和科尔尼代之间的"骚动",晚上休息后他仍不屈不挠地继续探究,"不时地把耳朵贴到门上锁孔里去听,时而又用眼睛贴上去看,想发现一些他心目中的'走廊秘事'"。这些描写旨在表明,此人不满足于只了解事件的表象,他对"事件的原始形态"怀有比别人更为强烈的兴趣。故事后来发展到羊脂球被迫向普鲁士军官就范,众人在楼下举杯庆祝旅途羁縻的结束,席间卢瓦佐示意大家安静,"双手合在嘴前'嘘'了一声,同时抬起头来望着天花板,又竖起耳朵倾听"。大家开头并不明白这家伙是何用意,但是很快就"懂"了并"露出了心照不宣的微笑"。羊脂球所受的折磨,对与其同行的旅伴来说无足轻重。不过这些人在危机解除之后,也不介

---

① 赵毅衡:《广义叙述学》,成都:四川大学出版社,2013年,第109页。

意在卢瓦佐带领之下,对楼上的声响来一番意淫式的"二次叙述"。被这种叙述激活的想象后来还影响到几对夫妇的夜间睡眠,整个晚上黑暗的走廊里"一直隐隐约约地浮动着一些难以觉察的、轻微的颤动声","各个房间的门缝里还漏出一丝亮光来",我们能从这些描写中感受到作者对这些人物的讽刺与不屑。①

  点评:人们每天都在对所获得的零碎信息进行"二次叙述",但要当心别犯曹操那样的错误。

---

  ① 《羊脂球·莫泊桑中短篇小说集》,汪阳译,南京:译林出版社,1998年,第14—30页。

一部写吃的小说为什么会写到吃人?

卡尔维诺的《味道·知道》写一对夫妇在墨西哥旅游,当地添加了陌生调味品的食物对其味觉体验带来很大挑战,两人后来参观阿尔班山祭坛,得知献祭者的身体是被代表神的祭司所食,于是对生命的延续有了新的体悟。小说最后写这对夫妇在用餐时相互对望,两人嘴部的咀嚼动作代表着万物之间残酷的吞噬:"所有的爱情都烙上了这种普遍存在的残忍,它抹去了我们的身体与豆汤、韦拉克鲁斯烤鱼、黑豆地瓜卷饼之间的距离。"[①]

卡尔维诺晚年计划用五部短篇小说来反映视听味触嗅等五种感知,《味道·知道》在这个计划中对应味觉。读者可能会诧异一部以吃为主题的小说最后竟写到吃人,这就需要先行了解作者的写作观念。

卡尔维诺认为写作的目的在于改变作者自己——与其对视觉、听觉和嗅觉的反思一样,作者在这篇小说的写作过程中认识到吃的本质,也察觉到自己过去对味觉的忽略。那么吃到底是一种什么样的行为呢?

[①] 伊塔洛·卡尔维诺:《味道,知道》,载伊塔洛·卡尔维诺:《美洲豹阳光下》,魏怡译,南京:译林出版社,2015年,第37页。

笔者从小说中读出,吃首先是为了生命的延续,就连献祭者个人的被吃(为神所食)也是为了延续集体的生命,生命从最初的意义上说就是一个不断吞咽和消化的过程。温饱无虞的现代人如今为吃什么而煞费踌躇,大家都在变着法子追求舌尖上的享受,而蛮荒时代的人类祖先面对的却是吃还是被吃的问题——也就是把他物变为食物还是自己成为食物。

丛林中所有的物种都想爬上食物链的顶端,梁山好汉为什么喜欢以"扑天雕""插翅虎""青面兽"等掠食动物为绰号,其深层意图也是不想处在"人为刀俎,我为鱼肉"的地位。

说到进食与活命的关系,不妨"脑补"一下非洲大草原上狮群追逐猎物的场景:猎物在逃躲之中便已被狮子用锋利的牙齿咬住身体,吃这一动作实际上在猎杀过程中便已展开,接下来的扑倒和撕咬动作更把吞噬、占有和猎杀融为一体。人类是由杂食性的灵长类动物进化而来,丛林世界中的弱肉强食原则照样适用于我们的祖先,也许就是因为有过这种黑暗历史,共同享用(或曰消灭)食物特别能加强人际友谊。

有一点需要指出,与许多掠食性动物相比,我们的灵长类祖先在体型和爪牙配备上都无多大优势,因而只能依靠集体的力量共渡难关,这种情况下更有必要与他人一道分享食物——食物是用来维持生命的,个人的生命无法单独延续,没有集体的生存就没有个人的未来。

食物与生命延续的这种关系,让我们明白为什么上古会有"大宰""小宰""宰夫"和"膳夫"这样的官名,手握屠刀替统治者分配食物,这在饥肠辘辘者眼中不啻是一种生杀予夺的权力。只有在"民以食为天"的古代中国,人们才会想出"治大国如烹小鲜"这样的譬喻,才会将"调和鼎鼐"之类的词语用于形容宰相职责。

点评:从过去的用餐习惯可以看出我们是一个集体意识特强的民族——不用公筷公勺意味着要与他人分享唾液,潜意识中我们都没把共餐者当成外人。

"饮食"和"男女"为什么会连在一起?

西方小说电影中的男女约会,一般都会遵循先用餐后上床这样的程序,似乎不在一起进食便不能有下一步。汉语中食与色经常相提并论,《礼记·礼运》更指出"饮食男女,人之大欲存焉"。

如果说蛮荒世界中的吞噬与占有(以及猎杀)同义,那么今天的有情男女一起进食便有相互占有的意味,卡尔维诺《味道·知道》中男女主人公边咀嚼边对望的一幕可作证据。中国古代文献中食色互喻的例子屡见不鲜,《诗经》中常用"饥"表示性欲,用"食"表示性交,可见这两项活动结合之紧密。类似表述还有陆机《日出东南隅行》中的"鲜肤一何润,秀色若可餐",以及冯梦龙《汪大尹火烧宝莲寺》中淫僧见美妇"恨不得就抱过来,一口水咽下肚去"。

东海西海,心理攸同,让-皮埃尔·里夏尔在《普鲁斯特与感性世界》一书中这样评论《追忆似水年华》中的食色互喻:

> 相较肉感较强的字眼,饮食用语取代了隐喻和换喻的修辞法:它时而近义表达,时而同义代用,常常两样同时进行。亲吻阿尔贝蒂娜(Albertine)的脸颊或食用这

脸颊，两者并无实质区别。相反地，坐在吉尔贝特边上，跟她一起吃着她的东方风味蛋糕，她把它弄碎了递给你，这相当于间接地、但经由她本人同意地、合情合理地占有了她……茶与吉尔贝特、阿尔贝蒂娜与叫卖小食或易化的冰糕等类似联系的重复出现，让我们将性和营养两种感官享受在同一笔调下结合。由此可见，享用美食与施展肉欲具有同等效用。[①]

"饮食"与"男女"之所以紧密相连，是因为生命的延续和繁衍几乎难以分开——生命的延续一旦得到保障，繁衍便会很自然地提上议事日程。人类当然不是只有这两种动物本能，但不能无视这两种"人之大欲"对人类行为的驱动。

人本主义心理学家马斯洛用需要理论解释人类行为，他说饥饿者在梦中都会见到食物，一旦饱足则立即为更高一级的需要所主宰——"一个欲望得到了满足之后，另一个欲望就立刻产生"。按照"饮食男女"的次序和"饱暖思淫欲"的说法，口腹之欲的满足往往预示着男女之情的萌发。

屈原的《招魂》便显示了这样的"欲望路线图"——"肴羞未通"之时，先听见"女乐罗些"；酒过数巡之后，便看见"美人既醉，朱颜酡些"；再往下就是更为不堪的"士女杂坐，乱而不分些"和"郑卫妖玩，来杂陈些"。

不过人类毕竟不是动物，食色之间还须以更为优雅的文

---

① 让-皮埃尔·里夏尔：《普鲁斯特与感性世界》，张帆译，上海：华东师范大学出版社，2019年，第11页。

学艺术为桥梁,达尔文甚至认为诗歌的原始功用全在引诱异性,如同雄禽吸引雌禽的羽毛。酒酣耳热之际,人们往往会打开"话匣子"讲述各种各样的故事——陈鸿《长恨传》记载,王质夫在一次聚会上"举酒"于白居易之前,劝其以"出世之才"书写唐明皇与杨贵妃之间的"希代之事",这件事为《长恨歌》的创作提供了契机。

点评:恩格斯说"人们首先必须吃喝住穿"然后才能从事其他活动,把"吃喝"放在最前面,说明它是人类一切行为的基础。

"巴贝特之宴"价值几何?

丹麦作家伊萨克·迪纳森的小说《走出非洲》拍成电影后遐迩闻名,她的另一部小说《巴贝特之宴》也在银幕上大放光彩,后者中巴黎女厨师巴贝特逃到丹麦的一个小渔村避难,十二年后拿出自己刚中彩票获得的一万法郎,做了一顿顶级法国大餐感谢收留她的两姐妹及众位乡邻。

有人作过这样的统计:当时一块20法郎的硬币约折合5.8克纯金,一万法郎的价值相当于2900克纯金,按今天的金价折算在一百二十万元人民币以上。然而巴贝特并不是什么富婆,这一万法郎基本上就是她的全部所有。

相信看过同名电影的人,都会对那场豪华盛宴留下深刻印象。巴贝特按照巴黎餐厅的标准一道道上菜,其中绿海龟汤是19世纪上流社会宴客的顶配,压轴菜鹌鹑千层酥是曲终奏雅的绝品:将鹅肝黑松露片配成的佩里格酱填入鹌鹑,用线绑紧后在黄油锅里煎熟表面,置于圆形千层酥上加以烘烤,出烤箱后再浇上干邑、黄油和蘑菇为主料烧制的酱汁。与每道菜搭配的还有各种法国美酒,其中与鹌鹑千层酥相配的是产自勃艮第特级葡萄园的伏旧园红酒,此酒据说连拿破仑也对其垂涎三尺。

美酒美食须有美食家前来赏鉴,否则便成了明珠暗投。

作者特意安排多年前追求过两姐妹之一的将军坐上餐桌,这位见多识广者在仔细品味之后,宣布巴黎昂格雷餐厅的鹌鹑千层酥也不过如此,巴贝特这番苦心孤诣的献艺就此得遇知音。这位知音还在价格不菲的伏旧园红酒刺激下——巴贝特后来又让人放了一整瓶伏旧园红酒在其面前,用诗歌般的语言大谈饮食中蕴含的哲理,这种充满雅趣的谈话对一场高层次的盛宴来说也是不可或缺。

那么,举办如此上档次的宴会目的何在?故事中巴贝特来渔村后,看到人们整天以清水煮干鱼和面包糊糊度日,生活过得无比清苦,而她作为曾经红极一时的巴黎主厨,想在乡邻面前显露一下自己拿手的烹调艺术,让她们见识一下生活中还有这样的佳肴美馔,这样的动机顺理成章,也符合故事本身的演进逻辑。

但是,如果巴贝特像人们以为的那样在盛宴后回到巴黎,与两姐妹一别两清,这部作品的格调品位也就不过尔尔。故事在最后峰回路转,巴贝特在宴会后宣告自己会继续留下,当两姐妹对其今后的生活表示担忧时,她给出了一个让人产生丰富联想的巧妙回答:"艺术家不会永远贫困。"

由此我们得以窥见作品的宗旨:像两姐妹那样过清心寡欲的生活固然可敬,但我们也没有理由拒绝生活中应有的乐趣——享受完全可以成为一种艺术,前提是不要耽溺于欲望本身。巴贝特觉得让穷乡僻壤的村邻享受一顿精心制作的美食,比自己用那一万法郎安度余生更有意义。

饮食一般被当作生命存续之必需,这里我们看到美好的饮食能让生活变得更为美好:将军在啜饮美酒时舌灿莲花,客人们在觥筹交错中捐弃前嫌,散席之后又相互牵手在星光之下翩翩起舞。

点评:食物的烹调在这部小说中已经升华为一场爱的播撒,好的故事讲述人总能让人更加热爱生活,即便其讲述的是再日常不过的吃喝行为。

七、可能的世界

中国首颗绕月卫星为何以"嫦娥"为名?

20世纪70年代中美关系破冰之时,美方将阿波罗飞船登月获得的月壤样品赠予中国,中方回赠的礼品中则有工艺画"嫦娥奔月"。有好事者如此强作解人:美方礼品意在表明其科技已进步到可把人送上月球,而我方礼品则显示我们这边早就在想象中做到了这一点。不管怎么说,嫦娥奔月确实反映了中华民族早有飞出地球的冲动,所以中国后来发射的绕月人造卫星会以"嫦娥一号"命名。

嫦娥奔月是则神话故事，故事中那个虚构的世界虽为子虚乌有，但对人类来说具有非同一般的意义，因为它是一个在叙事中实现了的"可能的世界"。虚构的世界不仅是人类灵魂嬉戏的场所，它还是驰骋想象、寄寓理想、发展创造力的重要所在。人类已实现的重大进展，多半要在虚构的世界里先行实现，没有嫦娥奔月之类的故事，也就不会有后来的人类遨游太空。

古往今来叙事作品中那些虚构的世界，对于人类的现在和未来产生了巨大的影响。这方面最为典型的是儒勒·凡尔纳的小说，作者善于运用科学规律对一些发展趋势作大胆预测，因此他的故事与其说是幻想不如说是预言——其笔下描写有许多成为20世纪的现实，潜水艇、气球和无线电的发明者都声称凡尔纳小说给了他们最初的灵感。

有必要用图表来展示叙事中虚构的世界在"可能的世界"体系中的位置，以便读者一目了然地看清这个世界与其他世界的关系：

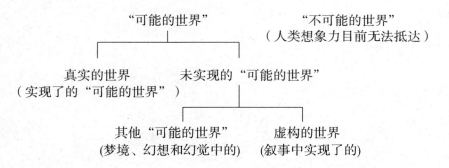

如图所示，虚构的世界虽然相对于真实的世界来说属于

未实现的"可能的世界",但那个世界毕竟通过叙事展示了自己的依稀存在。由此我们读出了图中蕴涵的一个十分重要的信息:人类在讲故事的同时也在创造一个试图挑战天工的世界。还要指出,与"可能的世界"平行的是"不可能的世界"(impossible world),由于那个世界(或曰世界系统)超越了人类目前的想象、推理或判断能力,此处只能存而不论。

点评:随着人类认知能力的提高,某些"不可能的世界"会逐渐变成"可能的世界",人们对"波粒二象性"和"量子纠缠"的理解就是这方面的例子。

为什么真实的西湖不如"梦中之西湖"？

张岱《西湖梦寻》说自己"阔别西湖二十八载，然西湖无日不入吾梦中"，但当他后来真的回到杭州，来到朝思暮想的西湖边，看到的却是"凡昔日之歌楼舞榭，弱柳夭桃，如洪水淹没，百不存一"的景况，于是这位梦碎之人仰天长叹："余为西湖而来，今所见若此，反不若保吾梦中之西湖，尚得完全无恙也。"

"梦中之西湖"所以能"完全无恙"，是因为存在于不受现实干扰的想象之中，从这个角度说，真实的西湖因为处在世事沧桑的变化之中，反而不如张岱"梦中之西湖"来得"安全"。作为文人的一个好处，是可以通过想象来保存甚至营构自己心仪的世界，陶渊明的"桃花源"是这方面的首创。张岱《陶庵梦忆》最后一篇，记自己梦中常去山间一个"积书满架"之处读书，后来他按这一梦想在现实世界打造了一个"琅嬛福地"，甚至还找到一处"佳穴"作为自己的葬身之地。

明代文人喜欢讨论此类纸上园林，卢象升《湄隐园记》是"园未构而记先之"，刘士龙《乌有园记》说洛阳诸名园都归于颓败，而藏于自己心中的乌有园则"风雨所不能剥，水火所不能坏，即败类子孙，不能以一草一木与人也"。

心中之园胜于洛阳名园，梦中西湖胜于眼前西湖，这样的说法看上去有点可笑,反映的却是时间长河冲刷下中国文化"质存形失"的特点。"大都好物不坚牢,彩云易散琉璃脆",古代建筑物都是用不大结实的材料建成,因此常常需要重新修建,笔者所在城市的文化地标——江南名楼滕王阁是第29次重修的产物。

法国诗人维克多·谢阁兰用"内置性陈旧"形容中国的古建,并由此得出一个哲学性的结论:"中国人实际上将时间的问题转移了。当建筑物被作为祭品献给时间的同时,建造者的设计本身却得到了永久的理想化保留。"比利时汉学家李克曼受其启发,在《中国文化对于"过去"的态度》一文中写道:"中国文化中的永恒并不依附在建筑文物上,而是存于人心。文化的延续无法通过死物的不变不动来实现,只能体现于一代代人不断的继承、遗忘和改变当中。白云苍狗,永恒并非阻止世事的变迁,而是赋予它意义与生命。"①

西方哲学家莱布尼兹认为,一个世界如与逻辑规律不相矛盾,就叫"可能的世界"(possible world),"可能的世界"有无限多个,神从中挑出最好的一个予以实现,于是就有了我们这个世界。

莱布尼兹的神创说固然荒唐,"可能的世界"这一提法却有利于解释人类在精神领域的创造。既然真实的世界只是一个实现了的"可能的世界",那么一定还存在着许多未曾在人世上实现的"可能的世界",陶渊明的"桃花源"、张岱的"梦

---

① 李克曼:《中国文化对于"过去"的态度》,《上海采风》2015年第1期。

中之西湖"、卢象升的湄隐园和刘士龙的"乌有园"等,便是人类用想象攫获的"可能的世界",它们体现了人类向大千世界挑战的勃勃雄心。

点评:文学就是用语言文字来营构"可能的世界",亚里士多德极具慧眼地指出:"诗人的职责不在于描述已发生的事,而在于描述可能发生的事"。[①]

---

① 亚理斯多德:《诗学》,罗念生译,北京:人民文学出版社,1962年,第28页。

郁金香有黑色的吗？

大自然中不存在黑色的郁金香，这或许是造物主一时的疏忽。2005年有报道说新加坡理工学院的三名学生采用纯营养液的方式，成功地获得了这种花的黑色品种——但也有人说它们只是颜色偏暗，仔细看还不是真正的黑色。而在19世纪大仲马的小说《黑郁金香》中，主人公通过艰苦的努力培养出了纯正的黑郁金香，这件事再次证明想到永远先于做到。

黑郁金香首先出现在虚构的世界中，说明虚构的世界比真实的世界拥有更多的可能。虚构的世界是故事讲述人有目的有意识地建立起来的"可能的世界"，叙事作品的作者可以自由地利用每一种可能，将其敷演为虚构的世界。用简单的例子说，我们所处的这个世界上有各种各样的颜色，也有各种各样的花朵，但不是每种花都有各种各样的颜色。而在虚构的世界里，有什么样的颜色，就可以有什么颜色的花朵，因为故事讲述人就是这个世界的上帝。

不仅如此，作者还可以自由地设立新的"可能"标准，这样叙事中不仅可以出现大自然中没有的奇葩异卉，还可以有匪夷所思的荒诞图景——例如李白的"狂风吹我心，西挂咸阳树"。"可能的世界"无奇不有，人类的想象、梦境和幻觉有一些怪异到难以用言语形容，物理学中的"反世界"以及时间旅行等对许多人来说也属匪夷所思。这些世界都未在现实中实现，但彼此又有不同：有的永远不能实现，有的差一点实现，有的有可能在未来实现。

没有实现或有待实现并不完全是坏事。实现了某种可能，意味着失去了实现其他可能的可能，在无法亲历的其他"可能的世界"面前，生活在现实中的人们只能望洋兴叹。就此意义而言，叙事作品中虚构的世界比真实的世界更具优越性，故事讲述人可以随心所欲地在自己的想象里实现一切可能，这或许就是人类要讲故事的根本原因所在。

《人间喜剧》问世之时，资本主义社会不过刚刚揭开自己帷幕的一角，巴尔扎克那时就想写尽财富法则支配下的众生百态，用自己笔下的每一个故事来对应金钱社会中每一种人生可能。有过类似尝试的还有左拉与高尔斯华绥等，前者的《卢贡-马卡尔家族史》包括 20 部长篇小说，后者则有描写福尔赛家族的两个长篇小说三部曲——《福尔赛世家》与《现代喜剧》。

不过人寿几何，从那以后西方很少有人再尝试撰写类似体量的小说。我国古代也有《说林》《储说》和《吕氏春秋》之类包罗万象的"故事库"，它们体现出一种"备天地万物古今之事"的叙事雄心，然而"天地万物古今之事"是一个无穷大的数字，吕不韦聚众人之力尚且只能获其一鳞半爪，遑论凭一己之力单打独斗的个人，所以先秦之后投入此类"故事库"建设的人并不是很多，今人能看到的《说海》《稗海》之类其实并未达到很大规模。

不过如果不考虑质量的话,现在的计算机已能按程序自动生成故事,网上的超长小说已经达到天文数字的规模,当然这种篇幅的作品要找到读者也不容易。

点评:路漫漫其修远兮,人工智能的讲故事能力目前还有待提高,我们期待有朝一日,虚构的世界在气势和规模上能与真正的世界一较短长。

故事能讲多长?

据说世界上最短的科幻小说是这样的:"最后一个地球人坐在家里,突然响起了敲门声。"那么,最长的小说是什么样子呢?

日本作家中里介山41卷的《大菩萨岭》,被称为世界上最长的历史小说,这部作品从1913年至1941年在报纸上连载,但小说并未最终完成。单个的故事讲述人无法把故事"讲完",不等于说这种努力就此退出历史舞台——互联网上方兴未艾的接龙式小说,实际上就是用多人接力形式开展的超长式叙事。

如果说计算机网络可以使故事讲述人变为复数,那么时下突飞猛进的人工智能技术还能把人赶走,让不知疲倦的机器来展开永无止境的讲述,迄今为止世界上最长的几部小说都是计算机按程序自动生产出来的。

就实用意义而言,超长式叙事真正可以一展所长的地方,是生产那些动辄数十乃至上百集的电视连续剧。西方许多人可以说是在这些电视连续剧的陪伴下长大,其中最著名的当推10季236集的美剧《老友记》,其首轮播映时间从1994年一直持续到2004年。人类寿命总体而言是在不断延长,在一个闲暇时间不断增多的老龄化社会中,超长式叙事的出现应属一种必然。

故事无法"讲完",是因为虚构的世界具有不可穷尽性。所谓不可穷尽,指的是故事讲述人永远无法展示故事世界的全部疆域。您讲述得越多,故事世界未被展示的部分就越大,恰如国家越大其邻接的外国领土就越多。

《人间喜剧》堪称人类历史上规模空前的叙述,巴尔扎克雄心万丈地按"私人生活""外省生活""巴黎生活""政治生活""军事生活"和"乡村生活"等场景展开一部四五千人参加演出的大戏,但是他写得越多,离完整地展示这个世界的目标就越遥远。且不说他并未写尽这些场景与人物,就算如此,根据他安排场景的逻辑,读者可以推演出其他许多未被写到的场景(例如"宫廷生活场景");读者还可以根据那些有名有姓的人物,想象到那些生活在他们周围、势必存在而且数量更多的无名人物(例如在高老头之前及之后居住在伏盖公寓里的房客)。

巴尔扎克别出心裁地运用了"人物再现法"和"事件追踪法"(在《高老头》中登场的人物和发生的事件,在其他小说里又出现或引出新的事件),使他比别人更多地展示了虚构的世界,但他并未从根本上改变局面——他的如椽巨笔并未写尽这个世界。

也许可以这样来想象"虚构的世界"的规模。书中的讲述像是一束强光,"照亮"了故事世界的某些部分,无论讲述有多长(文本篇幅有多大),它"照亮"的都只是部分而不可能是全体。读者可以清楚地看见这些被"照亮"的部分,也能模模糊糊地看到一些未被"照亮"的部分,于是他感觉到了故事的规模。讲述"照亮"的部分越多,阴影部分也就出现得越多;前者是讲述正面展示的结果,后者是读者想象和推理得出的结果。

点评:至于为什么"照亮"这部分而不照亮那部分,取决于作者认为哪一部分更有意义,毕竟这个世界中也有令人乏味的部分,还是让它们隐没在阴暗处更好。

"奈何烧杀我宝玉？"

陈其元《庸闲斋笔记》记载：杭州一商人之女沉湎于《红楼梦》不能自拔，其父母遂将该书投入火中焚烧，女孩见状泣曰"奈何烧杀我宝玉"，不久便郁郁而终。此类事件在清人笔记中不止一桩。无独有偶，郭沫若在《少年维特之烦恼》的译序中说：歌德这部小说出版后引发了一股青衣黄裤的"维特热"，"苦于恋爱不自由的青年读此书而实行自杀者有人，自杀之后在衣囊襟袋中每每有挟此小书以殉者"。

以上两个故事说的是"叙事蛊惑症"——叙事中虚构的世界有时会挥之不去地长驻读者脑海，一些过于痴迷者甚至会受其蛊惑，导致对真实世界的认识发生紊乱。这些人明知自己是"看戏"却"入戏"太深，理智上明白故事中的一切都系子虚乌有，情感上却为人物命运痛彻心扉。为了治好他们的"叙事蛊惑症"，人们不得不为《红楼梦》和《少年维特之烦恼》这样的小说制造出续集：清代临鹤山人的《红楼圆梦》中，"黛玉复生"和"宝玉还家"带来皆大欢喜；德国C.F.尼克莱的《少年维特之喜悦》中，维特开枪自杀喷了个满脸鸡血。就连故事讲述人也不能对这种疾病完全免疫：巴尔扎克病重时呼唤《人间喜剧》里的皮安训医生前来治病；狄更斯为《董贝父子》中小董贝的死亡而中夜徘徊唏嘘不已，乃至写信向友人报表。

"叙事蛊惑症"属于一种文艺性的精神症候,罹患这种疾病的人可谓"身在曹营(真实的世界)心在汉(虚构的世界)",《红楼梦》第四十三回曹雪芹借贾宝玉之口对他们作了嘲讽:"(一些人)听此野史小说,便信真了。比如这水仙庵里面因供的是洛神,故名水仙庵,殊不知古来并没有个洛神,那原是曹子建的谎话,谁知这起愚人就塑了像供着。"

《堂吉诃德》的主人公是"叙事蛊惑症"的典型病例,他因读多了骑士传奇而策马挥矛冲向风车,伸向天际的风车叶片在其迷惘的眼中成了巨人的胳膊。《聊斋志异·书痴》中的郎玉柱也对书中的讲述深信不疑,不过他的运气要好得多,"书中自有颜如玉"等说法在故事中都一一成为现实。

"叙事蛊惑症"并不仅见于那些为爱情故事、骑士传奇等疯魔了的男男女女,我们所有的人差不多都患有某种程度的"叙事蛊惑症"。人类生来就有一种"以假当真"的天赋,这种天赋使儿童能做"过家家"的游戏,使成年人能欣赏使用虚拟手段的艺术。舞台上演员挥舞马鞭,举手投足,如此这般表演一番,台下观众便轰然叫好,大家都知道剧中人顷刻之间完成了长距离的骑行。

同理,我们读虚构小说时也会保持一种"明知是假,权且当真"的心态,亦即将虚构的世界看作以某种状态存在着的"实体"。陶渊明的桃花源和詹姆斯·希尔顿的香格里拉虽非实有,在我们心中并非完全虚无缥缈的所在;我们虽不相信生活中有阿Q与孔乙己这样的人物,但去绍兴旅游时仍会在人群中寻寻觅觅,看到某处挂有"咸亨酒店"招牌又是那样喜出望外。

点评:许多小说会在正文声明"本书内容如与现实雷同纯属巧合,请勿对号入座",这是为预防"叙事蛊惑症"恶性发作而先行投下的解毒剂。

福尔摩斯真的住在伦敦贝克街 221b 吗?

作为虚构的人物,神探福尔摩斯不可能真的在伦敦贝克街上拥有一幢自己的住宅,何况作者写作时那条街上总共才有 85 号。后来由于贝克街的延长和随之而来的地名重排,贝克街上的福尔摩斯博物馆获准将自己的地址按柯南·道尔的叙述写成 221b,实际上它所在的位置是贝克街 239 号。笔者 21 世纪初在伦敦国王学院做访问学者时,还曾去那条街上溜达过一阵。

一般理解小说是对现实的模仿,但这里我们看到了现实对小说的模仿。后面这种模仿在土耳其作家帕慕克那里发展到了极致:他用 10 年时间创作了一部长达 600 页的小说《纯真博物馆》,出版后又用 4 年时间在伊斯坦布尔建立了一座与小说同名的博物馆,其中展示与人物原型存在密切关联的一些藏品——例如作者远房表妹芙颂留下的 4213 个烟头。纯真博物馆被认为是世界上第一家完全以一部小说为基础的博物馆,作者有时会穿上和保安一样的西服在馆内走动,甚至准备在这个地方度过余生,这样的话他就真的活在自己创造的世界中了。

帕慕克用自己的实践告诉人们,虚构的世界不仅是在叙事中实现了的"可能的世界",这个世界还有可能在现实中获得某种程度上的"实现"。

严格地说帕慕克并不是这样做的第一人,《桃花源记》不但引发了后世无数歌咏桃源之作,更使得桃花源之名如雨后春笋般在中国各地出现,今天在山间水边兴起的一些民宿亦有向陶渊明致敬的成分——笔者山居附近南昌大学乡建所设计的雷港村民宿就是以《桃花源记》为样板。

还有一些既有魅力又有潜力的想象世界经过几代人的叙事接力,逐渐变得羽翼丰满栩栩如生,在人们心目中成为俨然实体般的存在。

以仙那度(Xanadu)为例,这个名字本是元上都(在内蒙古自治区锡林郭勒盟境内)的蒙语音译,《马可·波罗游记》中的诗意描摹开启了西方人对这个地方的向往,柯勒律治吸食鸦片后写出的《忽必烈汗》更使其上升为神秘东方的文学象征,从那以后仙那度便在西方各类故事中频频现身,不少叙事作品以其为招徕手段,电影《公民凯恩》的主角甚至住在一个叫做仙那度的豪华宫殿里。

詹姆斯·希尔顿在《消失的地平线》中戛戛独造的香格里拉,也被人们以各种方式"实现"于真实生活之中,今天许多大城市中都有以其为名的豪华酒店。

用时下流行的语言来说,福尔摩斯、桃花源和香格里拉等都属于"现象级 IP"(IP 是 Intellectual Property 的缩写),也就说它们都是可以大做文章的对象。遗憾的是对于这种近乎实存的想象物,我们有时候是熟视无睹,很少有人注意到它们的独特性和对现实世界的影响,更不用说对它们展开本体论意义的研究。

相比之下,西方比较重视对此类对象的研究与开发,侏罗纪公园的电影拍了一集又一集,福尔摩斯的故事直到今天还在讲述,似此我们没有任何理由不利用好自己的叙事资源。

点评:英国浪漫主义诗人济慈早就有言在先:"想象力以为是美而攫取的一定也是真的——不管它以前存在过没有。"①

---

① 约翰·济慈:《一八一七年十一月二十二日致本杰明·贝莱》,载《济慈书信集》,傅修延译,北京:东方出版社,2002年,第51页。

墙外何人长叹？

《红楼梦》第七十五回写贾珍带着妻子姬妾等喝酒到三更时分,正在众人添衣喝茶、换盏更酌之际,忽然听到墙外有人长叹:

> 大家明明听见,都毛发悚然。贾珍忙厉声叱问:"谁在那边?"连问几声,无人应答。尤氏道:"必是墙外边家里人,也未可知。"贾珍道:"胡说!这墙四面皆无下人的房子,况且那边又紧靠着祠堂,焉得有人?"一语未了,只听得一阵风声,竟过墙去了。恍惚闻得祠堂内槅扇开阖之声,只觉得风气森森,比先更觉凄惨起来。

这声音把贾珍的酒意吓醒了一半,众人也觉得毛发倒竖,连外面的月色也变得不似先前明朗。

墙外是否真有人长叹?这个问题值得细究。按说幻听一般只会发生在个别人身上,贾珍那晚与一众家人赏月饮酒,席间少说也有十多个人,这些人都"明明听见"墙外有响动,因此那长叹之声不可能是幻觉。然而小说接下来说贾珍次日"细察祠内",发现"都仍是照旧好好的,并无怪异之迹",贾珍以为自己是"醉后自怪,也不提此事",这似乎又让头晚的叹息声归于乌有。

让我们来听听作者本人的意见。小说正文虽然说得模棱两可，但从第七十五回的回目"开夜宴异兆发悲音"来看，那声长叹在故事世界中确有可能存在。《红楼梦》前八十回出于曹雪芹之手，按其设计贾府命运要从开始的"烈火烹油，鲜花著锦"落到最后的"白茫茫大地真干净"，这种急剧的命运衰落需要提前作出通报，以便让读者有个心理准备，所以在第七十五回也就是作者搁笔之前有了"异兆发悲音"这一出。

那令人毛骨悚然的"悲音"可理解为贾府开始衰亡的前奏，发声者或许就是隔壁祠堂内的贾氏列祖列宗，他们弄出响动来是为了警告自己的不肖子孙。为什么不让贾宝玉或贾政他们首先听到？这是因为贾珍在书中是以长房长孙的身份袭任世职并担任族长，大厦倒塌之前的细微开裂之声，只有先传到此人耳中才有意义。

不过严格说来，小说中贾珍等人是真的听到了什么还是产生了集体幻听，这里无法做出最后的结论。真实世界中无法听到的声音，在虚构世界中仍有可能被赋予特殊功能的耳朵捕捉到，因为虚构人物无须遵循真实世界的所有规则。

爱伦·坡小说《黑猫》中，被砌进墙中的猫儿按理必死无疑，但罪犯本人和在场的多名警察都听见了它的哀嚎。《红楼梦》第一〇八回贾宝玉听见林黛玉生前所住的潇湘馆内有哭声传出，袭人对宝玉说那里面已经没有人居住，因此这声音一定是其"疑心"所致。

袭人的解释依循了真实世界的逻辑规律，而贾宝玉按书中所述乃是替绛珠仙草浇过水的神瑛侍者，他从"太虚幻境"

来到人间,为的是向绛珠仙子即林黛玉讨还"泪债",据此逻辑而言他可能真的听到了旁人听不到的哭声,这就像他有与生俱来的通灵宝玉而别人没有一样。

点评:由于可能性和逻辑规律不同,虚构世界与真实世界之间,存在着一条巨大的本体论鸿沟,我们不能用真实世界的标准来判断虚构世界中发生的事情。

八、人与物

英国管家如何应对老虎进入
餐厅这种事情?

有个这样的故事:一只老虎潜入英国贵族府邸后趴伏在餐厅桌下,管家发现情况后立即前去向主人报告,获准使用猎枪后镇静退出,不久三声枪响从餐厅传出,然后管家进来报告麻烦已经解决,用餐时餐厅里未见这场意外留下的任何痕迹。

这故事当然不是真的,石黑一雄在其小说《长日留痕》中插入这段趣话,用意在于表现英国管家一丝不苟的敬业精神。小说主人公史蒂文斯虽未遇到餐厅出现老虎这样的难题,却也具备英国管家应有的一切优秀品质:对主人达林顿勋爵忠心耿耿鞠躬尽瘁,对工作恪尽职守无微不至,为提供完美的服务甚至不惜牺牲自己的个人利益。

小说中有个细节令人印象特别深刻,这就是他为了办好主人的重要会议而置奄奄一息的父亲于不顾,甚至还将父亲病榻旁的医生请下楼去诊治一位贵宾的脚疾。看过英剧《唐顿庄园》的读者,相信都记得故事中那位名叫卡森的管家,史蒂文斯的职业操守与其相比不遑多让。

在英国这样的老牌帝国中,各行各业均已建立起自己的职业尊严,管家、家庭教师和厨师等虽然做的是服务性的工作,但信奉新教的英国人认为这些岗位都是上帝所赐所派,不存在高低贵贱之分,因此必须以敬畏的态度去尽力做好。在这种天职观的支配下,史蒂文斯追求的不是跨越社会阶层的出人头地,而是如何成为一名"伟大的管家",这一崇高的目标令其心中充满了自豪感。

"伟大的管家"或许只可能产生于英国,因为欧洲其他民族都不擅长克制个人的情绪,唯有性格拘谨刻板的英国性格才适合管家角色。小说中史蒂文斯不但漠视亲情,连爱情在其心中也难觅存身之地——本来他有可能与同事肯顿小姐发展出一段恋情,这对其工作其实并不构成妨碍,但他硬是不近人情地掐灭掉心中的爱意,导致女方失望地离开勋爵府邸另嫁他人。

然而实现这个目标不能仅凭史蒂文斯的个人努力,"伟大的管家"服侍的必须是"伟大的绅士"。根据真人真事拍摄的电影《白宫管家》中,主人公尤金·艾伦在白宫工作34年,其间侍候过八位美国总统,这样的服务经历使其成为管家中的佼佼者。

史蒂文斯的父亲本人也是管家,他这代人比较关注服务对象的阶级出身,如是否具有爵位以及血统是否纯正等,这些能让服务者感受到贵族光芒的映照,仿佛自己也融入了簪缨世家的荣耀历史。但史蒂文斯这代人的观念有所不同,作为年轻一代他们更在意主人的道德形象。小说通过史蒂文斯充满纠结的回忆,透露出达林顿勋爵虽然一举一动都有正人君子的派头,其实际作为却与"伟大"一词相距甚远——他在战前与纳粹势力暗通款曲,在反犹浪潮中辞退府邸中的犹太雇员以及停止对犹太人慈善事业的捐款等,这些最终导致其身败名裂,史蒂文斯的追求也因此变得竹篮打水一场空。

点评:仆人是主人的影子,石黑一雄塑造的管家形象映射出英国国民的性格,史蒂文斯的遗憾从某种程度上说就是大英帝国的遗憾。

史蒂文斯与肯顿小姐的交谈有何玄机?

《长日留痕》有个片断颇堪玩味,这便是史蒂文斯陪肯顿小姐等车时的两人交谈。此时肯顿小姐已经嫁作他人妇,史蒂文斯远途来访,表面上是为询问其能否重返旧职,实际上却是想探究其目前的情感状态,为此他一反常态,直截了当地请她谈谈属于"个人范围"内的事情。

肯顿小姐对此的回答是"我丈夫哪方面待我都没说的",但她随即将史蒂文斯的问题修正为"我是否爱我丈夫",并对此作了坦率的回答——尽管她当初结婚的目的只是为了让史蒂文斯恼火,但她已经渐渐爱上了自己的丈夫。对此她还作了一番更为坦率的补充:"(有时候)我会想我本来可能和你史蒂文斯先生一起生活。在我为一些小事情赌气出走时,我或许会那样想。但是每一次那样做时,很快就认识到我的合适位置是和我丈夫在一起。"[①]

这番话后面的意思是:"我曾经爱过你,胜于现在对我的丈夫,我们原本有可能一起生活,但我的感情已经改变,往事已矣,覆水难收,现在来设想我们一起生活为时已晚。"

[①] 史蒂文斯与肯顿的对话,引自詹姆斯·费伦等:《威芙斯经验:同故事叙述、不可靠性、伦理与〈人约黄昏时〉》,载戴卫·赫尔曼主编:《新叙事学》,马海良译,北京大学出版社,2002年,第35—57页。

以上一问一答显示，肯顿小姐对史蒂文斯问题做出的修正仅仅是朝他真正想问的问题前进了一步，那个问题便是史蒂文斯无法启齿的"你还爱我吗"。在"你现在过得还好吗"这类看似不经意的问题后面，永远隐藏着"你现在的情感生活如何"这类更为微妙的问题，而这类问题归根结底都是指向"你还爱我吗"（或"你爱过我吗"）这个终极问题。相信这样的三段论式进程，一定发生在别后重逢的每一对男女之间。

面对肯顿小姐直刺心灵的回答，史蒂文斯的反应成了该片断的高潮所在。他听后转身面对她，微笑着说："你说得很对，本恩夫人。正如你说的，时光不能倒流。如果我真的认为这些想法是你和你丈夫不愉快的原因，那我就寝食难安了。正如你所指出，我们都必须为自己已经拥有的东西而庆幸。"可以看出这样的回应只能说是表演，故事中史蒂文斯"慢慢体会"到了肯顿小姐的意思后，情不自禁地对自己说出了最坦诚的一句话："是的——我干吗不承认？——当时我的心都碎了。"

"我的心都碎了"是主人公自述中极为难得的"可靠的叙述"，我们可以从中读出三层意思：第一，他意识到自己多少年来一直爱着肯顿小姐；第二，他曾经希望肯顿小姐也爱自己，肯顿小姐的话表明这个希望曾经变成过事实；第三，残酷的是，重温旧梦的机会如今已经失去，肯顿小姐对丈夫的爱已经超过了当年对他的爱，正是这一点使他的心都碎了。

不过在对自己也是读者说出这句真话以后，史蒂文斯又缩回自己那虚伪、世故的外壳之中，他微笑着对"本恩夫人"

（这个过于客气的称呼透露出他态度的转换）表示同意她的意见，以便显示她的话并未构成对他的打击。作者在主人公情感外壳上撕开的这道裂缝，让我们窥见了这位伪君子的真实内心。

点评：有情男女别后重逢，从某种意义上说都会遵循史蒂文斯与肯顿小姐交谈的模式，石黑一雄对男女心理的细腻描绘，赋予该片断很高的研读价值。

刘备为什么长着一对大耳朵？

刘备的耳朵确实很大，《三国演义》第一回说他"生得身长七尺五寸，两耳垂肩，双手过膝，目能自顾其耳"。因为耳朵长成这样，小说第十九回中吕布称其为"大耳儿"，第二十六回中袁绍更骂他为"大耳贼"。

小说中的描写缘于史书，《三国志·蜀书·先主传》说刘备"身长七尺五寸，垂手下膝，顾自见其耳"。吕布、袁绍等人只看到大耳长臂是一种异相，南北朝的史家却把这种异相看成是帝王之相，季羡林在《佛教与中印文化交流》一书中说，这种外貌描写缘于佛教文化的影响：

> 在南北朝的许多正史里都讲到帝王，特别是开基立业的帝王们的生理特点，比如：《三国志·魏书·明帝纪》裴注引孙盛的说法，说明帝的头发一直垂到地上；《三国志·蜀书·先主纪》说，刘备垂手下膝，能看到自己的耳朵；《晋书·武帝纪》说，武帝的手一直垂到膝盖以下；《陈书·高祖纪》说，高祖垂手过膝；《陈书·宣帝纪》说，宣帝垂手过膝；《魏书·太祖纪》说，太祖广颡大耳；《北齐书·神武纪》说，神武长头高颧，齿白如玉；《周书·文帝纪》说，文帝头发垂到地上，垂手过膝；如此等

等。这些神奇的不正常的生理现象都是受了印度的影响。佛书就说,释迦牟尼有大人物(Mahapurusa)三十二相和八十种好、耳朵大,头发长,垂手过膝,牙齿白都包括在里面。①

这也就是说,不管是史书还是小说,强调人物身上源于佛祖的异相,为的是表明他们系天命所归的"大人物",因此别看刘备在《三国演义》的开篇中只是个"贩履织席"之人,他的外貌早已显示其发展前景不可限量。杜甫《哀王孙》的"高帝子孙尽隆准,龙种自与常人殊",也是说帝子龙孙在外貌上就烙下了有别于等闲之辈的高贵标记。

在宗教影响大于世俗力量的时代,让统治者在外貌上与宗教创始人看齐,乃是一种有利于增强政权合法性的叙事策略。俄罗斯汉学家李福清在《从历史诗学的角度看中国叙事文学中人物描写的演化过程》一文中指出,这种策略在拜占庭史家笔下也有运用:"唐代以前常用佛教套语来描写皇帝,把释迦牟尼相征挪到皇帝身上。有趣的是,类似情况我们在中世纪初期拜占庭文学中可以看到,史学家描写皇帝外貌往往也采用基督教经典描写耶稣之用语。"②

至此我们认识到,原来刘备的大耳长臂还是一个如此隐秘的身份符号,它和小说对这位天潢贵胄的介绍——"中山靖王刘胜之后,汉景帝阁下玄孙"具有相同的叙事语义。

---

① 季羡林:《佛教与中印文化交流》,南昌:江西人民出版社,1990年,第156页。
② 李福清:《从历史诗学的角度看中国叙事文学中人物描写的演化过程》,《兰州大学学报》(社会科学版)2005年第4期。

不过也要看到，由于不同时空的文化规约存在差异，加之不同人种在人体审美上也有不尽相同的标准，外貌描写的叙事语义在跨文化传播时往往会遭遇理解障碍。对佛教文化圈之外的读者来说，大耳长臂之类的外貌特征不一定会导致"大人物"的印象。一方水土养一方人，耳朵大有利于热量散发，"两耳垂肩"故尔在南亚次大陆被视为进化成功的标志，如果是在寒风刺耳的高纬度地区，长着这种耳朵的人绝对不会被人羡慕。

点评：不清楚各民族的审美标准与文化规约，对外貌描写的叙事语义便不可能有透彻的理解。

描写人物时为什么会用动植物之类来做譬喻?

"虎相""狼形"之喻不自明清小说始,先秦史著早开以动物状人之端,代表性的例子有《左传·宣公四年》的"熊虎之状,而豺狼之声"和《国语·晋语八》的"虎目而豕喙,鸢肩而牛腹"等。即便是在今天,我们仍然经常使用"獐头鼠目""尖嘴猴腮"和"虎背熊腰"这类譬喻。

运用譬喻的前提是本体与喻体之间存在着某种相似性,显而易见,由于某些高等动物在外形上与人类最为接近,人们在取譬用喻时首先会想到它们。但这个问题还可作点深究。

爱德华·泰勒在《原始文化》一书中说,初民相信灵魂会由人向动物迁移,导致动物身上呈现出"半人性质的特征、动作和性格",于是狮子、狐狸和毒蛇之类就不单单指涉动物自身,还可以用来作为某类性格与特征的代称:

> 动物是众所周知的人的特性的真正体现;那些被用来作为形容词的名称,例如,狮子、熊、狐狸、枭、鹦鹉、毒蛇、蛆虫,在一个词中就集合了整个人的生活特征……我们看到:动物在性格上跟那些灵魂仿佛转移到它们身

上去的人的本性显然相似。①

狮子、狐狸与毒蛇等本来仅仅是名词,因灵魂转移信仰而被赋予形容词的修饰功能,对动物有仔细观察的初民不但以其区别彼此,还把这些名词当作人物特征的个性标签。一个人不必长得像狮子,只要他有一颗"狮子的心",就可以被人称为"狮子"。时至今日,印第安人还在使用此类富于诗意的人名,如"站着的熊""黑麋鹿""白鹤""飞鹰"和"斑点马"等。

从文学角度说,名词向形容词转义具有重大意义,动物譬喻既传递人物的特征又保持感性的鲜活,这不啻是为故事发生埋下最初的种子。

动物譬喻在中国古代叙事中往往与植物譬喻混搭使用。《诗经·卫风·硕人》有句为"手如柔荑,肤如凝脂,领如蝤蛴,齿如瓠犀,螓首蛾眉",其中"柔荑"与"瓠犀"为植物,"蝤蛴"与"螓""蛾"等为动物。曹植《洛神赋》既有"翩若惊鸿,婉若游龙",又有"荣曜秋菊,华茂春松"与"灼若芙蕖出渌波"等。

汉民族因长期从事农耕生产,受"近取诸身,远取诸物"习惯的支配,使用的植物譬喻似乎较游牧民族为多。如形容美女不是说"眼如杏葡""颊如桃花"和"唇如樱桃",就是说"手如葱笋""腰如杨柳"和"脚如金莲",甚至连呼吸也被说成"吐气如兰"。

动物与植物之外,矿物——或者更具体地说玉石类珍贵

---

① 爱德华·泰勒:《原始文化——神话、哲学、宗教、语言、艺术和习俗发展之研究》,连树声译,桂林:广西师范大学出版社,2005年,第422页。

矿石,也是外貌描写经常调用的譬喻资源,这主要与我们古代的崇玉传统有关。《诗经·魏风·汾沮洳》中已有"彼其之子,美如玉"之喻,《世说新语·容止》中更有大量以玉喻人的例子。魏晋之后"玉人"之类譬喻逐渐集中于女性,美女身体的任何部位几乎都可用玉来形容。在以"温柔敦厚"为伦理规范的中国文化语境中,由于玉代表着一种"极绚烂,又极平淡"(宗白华语)的美,以玉为喻往往透露出作者对相关人物的肯定。

点评:玉喻的深层成因,在于对玉之德或者说玉之精神的向往,因此以某物(动物、植物或矿物)为喻多取该物的气质或品性。

娜塔莎长得漂亮吗?

托尔斯泰《战争与和平》写了别索号夫、保尔康斯基、华西里和罗斯托夫四大家族,前三个家族中的青年男子彼埃尔、安德烈和阿那托尔都爱上了罗斯托夫家的小姐娜塔莎(她最后嫁给了彼埃尔),为其倾倒的还有骠骑兵军官皆尼索夫等。然而娜塔莎的容貌并不特别出众,作者在定稿中明确说她"不漂亮",初稿中她的形象更不怎么的:

> 她一点也算不上漂亮。她的面孔的全部特点是不吸引人的,眼睛小,额头窄,鼻子不坏,但脸的下部,下巴和嘴都显得太大,嘴唇又是不成比例地显得厚了一点,你把她端详之后,就简直闹不明白,她为什么讨人喜欢。[1]

就是这样一位其貌不扬的少女,当她以跑动和大笑的姿态登场亮相时,周围的人都产生了一种惊艳的感觉。同样的情况见于菲茨杰拉德的《女儿当自立》,女主人公伊芙琳"长得并不美,可是她只消花上十来秒钟工夫,就能让人相信她是个美人儿"[2]。还有一个例子是奥斯丁的《傲慢与偏见》,达

---

[1] 傅修延:《外貌描写的叙事语义》,《湖南师范大学社会科学学报》2015年第6期。

[2] 弗·司各特·菲茨杰拉德:《女儿当自立》,舒心译,载《菲茨杰拉德小说选》,上海:上海译文出版社,1983年,第461页。

西对伊丽莎白的初始印象是"她还可以,但还没有漂亮到能够打动我的心"①,然而没过多久,这位傲慢的绅士就放弃抵抗拜倒在其石榴裙下。

举出这些例子,为的是说明小说中的(可能现实生活中也一样)女性不一定要是美人儿,气质往往比容貌本身更为重要——或者说像伊芙琳那样"让人相信她是个美人儿"更为重要。如果单靠花容月貌能解决问题,《战争与和平》中的彼埃尔就不会与其前妻爱伦(书中称其为"美丽的动物")离婚了。

与画家和雕刻家不同,作家和诗人只能用语言文字激发人的形象思维。因此文学中的外貌描写主要表现为传神拟态。"形"为"神"之表,"神"系"形"之魂,会讲故事的人一般都会在人物的"神"上做文章。汉语中的"音容笑貌"一词,所指即为言笑之际流溢于眉间目上的动感神态。我们的古人很早就展示了这方面的修辞能力,典型例子有《诗经》中的"巧笑倩兮,美目盼兮",《楚辞》中的"靥辅奇牙,宜笑嫣只"和"美人既醉,朱颜酡些,娭光眇视,目曾波些"等。

传神拟态不是简单的照葫芦画瓢,功力深厚的作家善于攫获面部表情上闪烁的灵魂光华,用恰如其分的语言揭示出人物皮囊之下的生气灌注。《红楼梦》第三回的"粉面含春威不露,丹唇微启笑先闻",让王熙凤这个人物鲜活灵动地呈现于读者眼前。

---

① 简·奥斯丁:《傲慢与偏见》,王科一译,上海:上海译文出版社,1980年,第12页。

《安娜·卡列尼娜》中，托尔斯泰对女主人公作了这样的描绘：

> 有一股被压抑的生气在她的脸上流露，在她那亮晶晶的眼睛和把她的朱唇弄弯曲了的轻微的笑容之间掠过。仿佛有一种过剩的生命力洋溢在她的全身心，违反她的意志，时而在她的眼睛的闪光里，时而在她的微笑中显现出来。她故意地竭力隐藏住她眼睛里的光辉，但它却违反她的意志在隐约可辨的微笑里闪烁着。[①]

一般认为"画"（空间艺术）在描摹人物外形上更具优势，但若就传神拟态而言，还是"诗"（文学）这种时间艺术要略胜一筹。

点评：神态的流露实际上是由一连串细微行动构成的动态过程，摹写行动与表现动感正是叙事的长处所在。

[①] 列夫·托尔斯泰：《安娜·卡列尼娜》（上册），周扬译，北京：人民文学出版社，1956年，第90页。

好看的长相是"定时炸弹"吗?

在《静态的动态化:论叙事行动的描述词》一文中,迈尔·斯腾伯格把外貌描写形容为"定时炸弹",这颗炸弹"一定会在叙述者(以及上帝)方便的时候爆发成行动",用具体的例子来说就是"一个被描述为相貌好看的女人迟早会成为爱或欲望的对象"。①

真实世界中,人们一般不会简单地以貌取人,因为堂堂一表者未必是君子,长相猥琐者未必是小人。然而在故事世界中,读者会觉得长着鹰钩鼻的人阴险,脑后有反骨的人奸诈,尖嘴猴腮者肚量狭窄,獐头鼠目者心术不正,因为我们知道作者不会无缘无故地提供诸如此类的信息,人物长相与后续事件之间一定存在着某种隐秘的联系。

真实世界中一个人长得如何由父母决定,虚构世界里人物长得如何却是由作者决定。除了凸显个人特征以利识别之外,外貌描写还有标出人物内在性格的用意。《三国演义》中,关羽的丹凤眼和卧蚕眉,在多次强调后成了忠义品格的外显标志;张飞的豹头环眼、燕颔虎须也成了火暴脾气的

---

① 迈尔·斯腾伯格:《静态的动态化:论叙事行动的描述词》,尚必武译,"第四届叙事学国际会议暨第六届全国叙事学研讨会"(2013·广州)大会交流论文。

代表。

外貌信息的暗示或诱导作用有时候是非常微妙的。《红楼梦》第七十四回中生病的晴雯被赶出大观园,起因在于王夫人注意到了她的"水蛇腰",在贾宝玉的母亲看来,长着"水蛇腰"的人便是"妖精似的东西",决不能让这种人留在自己情窦已开的儿子身边。由于王夫人又对王熙凤提到其"眉眼又有些像你林妹妹",我们得知她对林黛玉也没有什么好印象("行动处似弱柳扶风"的林黛玉应该也是"水蛇腰")。有心的读者能根据这个看似轻描淡写的细节,判断出"木石前盟"被粉碎乃是一种必然——相似的外貌在这里预示了两人相似的悲剧命运。

还有隐藏得更深的暗示。《水浒传》中宋江"怒杀阎婆惜"的举动,缘于他那为县衙文员身份所遮蔽的男子血性,作者在这个人物出场的第十八回中,对其外貌已有"坐定时浑如虎相,行走时有若狼形"等描述,可能有不少读者尚未留意到这一伏笔。第二十一回阎婆惜之所以不怕激怒宋江,一再以其与"打劫贼通同"作要挟,也是因为她认定眼前这个舞文弄墨的书吏无法奈何自己,殊不知宋江此前既然敢"担着血海也似干系"给晁盖等人通风报信,其体内潜藏至深的胆气便非一般人可比。

需要说明,《水浒传》说宋江有虎狼之形并无贬义,梁山好汉大多喜欢以掠食性的动物自命,因为落草为寇无异于进入弱肉强食的丛林社会,这里的生存原则就是像猛兽猛禽一样占据食物链的顶端位置。所以一百零八位绿林头领各有自己认可的诨名,其中相当一部分为动物想象,如"豹子头""扑天雕""青面兽""九纹龙""插翅虎""混江龙""两头蛇""双尾蝎""白日鼠""鼓上蚤"和"金毛犬"等。以动物特别是以如今被"污名化"的蛇蝎鼠蚤之类为绰号,对现代人来说是不可思议之事,但小说是借这些动物的形象来暗喻好汉们的体貌、性格或特长,它们与作者的伦理取向没有必然联系。

点评:外貌描写多暗含深意,用"定时炸弹"来形容或许有点过,但我们在阅读时不可不细加体悟。

您是讨厌还是喜欢三仙姑?

您对赵树理《小二黑结婚》中的三仙姑印象如何?读过这篇小说的中国读者,尤其是在课堂上听过老师讲这篇课文的人,大多认为她是一个装神弄鬼、不守规矩的女人,许多人或许还记得此人"虽然已四十五岁,却偏爱当个老来俏,小鞋上仍要绣花,裤腿上仍要镶边"。

然而乐黛云在《多元文化与比较文学的发展》一文中说,美国学生对此人的看法与我们这边大相径庭:

>中国的一般读者都会觉得小芹的妈妈是不规矩,四十几岁了,还跟那些男人谈笑,搽粉,打扮,戴花什么的,不怎么样。在和美国学生讨论的时候,他们的看法可不同。他们认为三仙姑是一个非常解放的女性,她热爱生活,虽然四十几岁了,仍然爱美,认为生活是美好的,她愿意和年轻人在一起,她希望过一种不是别人给她安排的、快乐的生活。她并没有危害什么人,她应该是一个正面人物,是勇敢突破束缚的、女性解放的先锋。①

乐黛云对此用"文化误读"作了解释,她认为这种"误读"没有

---

① 乐黛云:《多元文化与比较文学的发展》,《江苏社会科学》2003年第1期。

什么坏处,反倒为理解作品提供了新的角度。

那么为什么对同一人物会有两种迥然不同的看法呢?这就需要用叙事中人物的生成机制来做解释了。试闭目回想一下身边某个真实人物给您留下的印象,可能您会发现这种印象首先来自与其有关的某些有代表性的行动或场面,然后是您推断归纳的人格特征。人格特征不光指人物的内在品格(如大方或小气),也包括人物的外在特点(如壮实或羸弱)与外部遭遇(如红颜薄命或一路顺风顺水)等。

叙事中人物的生成,自然也不能离开这些人格特征。这方面最简单的办法莫过于直接介绍,如《三国演义》第一回介绍刘备——"不甚好读书,性宽和,寡言语,喜怒不形于色,素有大志"。但直接介绍毛病甚多。一是不可能全面——寥寥数语的介绍不能穷尽人物全部的人格特征;二是读者变得越来越聪明,他们宁愿自己去读出而不喜欢被动地接受介绍;三是直接介绍有时并不可信,作者的直接介绍有时会与读者自己获得的印象恰好相反。

有鉴于此,让读者对人物产生印象的主要手段只能是和生活中一样——展示人物的行动。人物的行动在故事中表现为事件,一系列事件集合成故事,一系列行动同时也激发出一系列人格特征;读者获得故事的过程,实际上就是人物在读者心中的生成过程。一旦有较多的人格特征被读出,人物形象即告生成。当然这并不意味着可以停止对人格特征的读出,只要作者的讲述没有停止,这个过程就要继续下去。

回到前面提出的问题上来,由于不同文化中的读者各有不同的"读出",他们心目中的人物形象不可能完全相同。三仙姑的搽粉戴花以及喜欢与年轻男性说笑,在开明的现代人眼中没有什么出格之处,放在旧时农村却属于典型的不守妇道。

不过赵树理毕竟是赵树理,他在讲述过程中并没有把这个人物一棍子打死(作为落后人物而非反面人物),这就为后来人的"读出"留出了余地。

点评:行动创造人物,您在人群中的口碑取决于您的所作所为,虚构世界中的人物也是如此。

的卢马"妨主"吗？

所谓"妨主"，指的是拥有某物对主人不利。《三国演义》中，的卢马在刘备胯下是匹宝马，第三十回中它在主人喝叱下"一跃三尺，飞上西岸"，把目瞪口呆的追兵抛在檀溪东岸，但其前任主人张武死于赵云枪下，后任主人庞统被敌人用乱箭射死，刘备原本不信的"的卢妨主"预言在这些地方又成了事实。

怎样来解释其中的不合逻辑之处呢？

的卢马时而"妨主"时而又不"妨主"，只能从它的历任主人身上找原因。不同于张武和庞统这种普通人，刘备在故事中被说成是"中山靖王刘胜之后，汉景帝阁下玄孙"，与汉献帝见面后他的这种"皇叔"身份被正式确认，从此其争夺天下的使命便获得了所有对手都不具有的合法性。古人把这种不同凡响的来头称为天命所归，笃信基督教的西方人则把这种因神恩庇护而获得的出众禀赋叫做克里斯玛（Charisma）特质。这样来看，的卢马的"妨主"只是对普通人而言。

身份概念是理解四大名著的一把钥匙。"皇叔"（刘备）、"星主"（宋江）、"金蝉长老"（唐僧）和"神瑛侍者"（贾宝玉）之类的称谓当然是非常明确的身份符号，而人物拥有的宝物——除的卢马外还有贾宝玉那块与生俱来的通灵宝玉、九天玄女赐给宋江的三卷天书以及孙悟空那根从龙宫中取来的金箍棒("定海神针")等,也是合法性和天命所归的重要证明,这些称谓和宝物标示出人物身份的特殊性和不可替代性,使人们在阅读中对他们寄予最大的期待与关心。

人物身份的差异,带来了行动可能性的差异:唯有刘备有名分继承汉朝社稷,唯有宝玉可以与女孩儿自由交往,唯有宋江能够充当山寨之主,唯有唐僧有资格去西天取经。"文革"中宋江和《水浒传》一道遭到批判,罪名之一是"屏晁盖于一百零八人之外",其实不是宋江处心积虑要坐第一把交椅,实在是晁盖不具备"星主"身份,他甚至还不在天罡地煞之列。一些非克里斯玛型人物引不起读者多少兴趣,原因也在于他们缺乏特殊身份——叙述者在这方面绝对是"嫌贫爱富"的,而叙述者的态度肯定又会影响到读者。

认真剖析起来,我们的阅读伦理原来是一架倾斜的天平:同样是杀人越货,梁山好汉的行为获得满堂喝彩,"李鬼"之流却被当成剪径的毛贼;同样是春情萌动,贾宝玉的行为获得"同情之理解",贾瑞、贾环等却被投以鄙夷不屑的目光。《红楼梦》第二十回贾环一句"我拿什么比宝玉呢",道尽了无身份人物的酸楚。

文学反映现实,民众不见得都把大人物当成天上星宿下凡,但大部分人确实相信"人事"拗不过"天命",他们在潜意识中还是觉得合法性无法通过内部努力来获得,而必须由来自外界的某个更高力量来赋予——这就像奥运圣火必须取自诸神故乡希腊一样。毋庸讳言,此类心态正是许多不公平现象的根源，那些不遗余力为自己制造"背景"和"来头"的人，其实就是利用了当代社会心理中的集体容忍。

点评：叙事学的一个核心概念是行动决定人物，这里我们看到决定人物的除了行动之外还有身份，叙事学界已经有呼吁要反思既有的阅读伦理。

"草帽姐""大衣哥"这样的名字说明了什么？

人的外形大同小异，要想突出某人的识别特征，最简便的方法莫过于介绍其身边之物。当人在故事舞台上踌躇满志地踱步时，物却正在一旁悄悄地抢其风头。物对人的这种"抢镜"，不仅见于古代小说中大刀关胜和双鞭呼延灼之类诨名，今人口中的草帽姐、大衣哥和双枪老太婆等，仍在延续这种物在人先的命名传统。以物代人还会带来指称上的方便，这点在阁下、殿下、陛下、东宫娘娘、《阅微草堂笔记》等词语中表现得非常明显，旧时给人写信还有致对方"文几"的说法。

文学即人学，这是我们长期服膺的观念。不过也要看到，一味强调"人学"，会使我们陷于重人轻物的境地。汉语中"人物"一词是个天才的发明，它表明人不能没有物的帮衬。实际上作家在写人时必定会写到物，甚至会通过写物来写人。因为物在某种意义上延伸了人的自我，写物常常能达到更好的写人效果。

贾宝玉的通灵宝玉、孙悟空的金箍棒、关羽的青龙偃月刀和鲁智深的水磨禅杖，给读者留下的印象无比强烈，物在这种情况下已经与人紧密贴合、黏合甚至是融合，成了人物的外延或者说其形象的有机组成部分。苏东坡的《念奴娇·

赤壁怀古》干脆以饰物为人的代名——"羽扇纶巾,谈笑间,强虏灰飞烟灭"。

然而迄今为止对物的研究远远不足,这导致我们读不懂许多与物相关的叙事。一些与人关系密切之物,如服饰、饮食和住宅等,往往携带着多种复杂微妙的意义;与物相关的许多行为,如对物的保有、持用、分享、馈赠、消费、呵护和毁弃等,也需要对其作深入文本内部的细究和详察。

由于时代悬隔和文化差异,我们对这些常常是囫囵吞枣不求甚解。许多情况下,物叙事构成语言文字之外的另一套话语系统,如果不予以重视,作者植入于故事内部的意义便得不到破译。这方面并无一套可以通行的破译规则,也不能说所有的物都是有某种意味的能指,但叙事中那些一再提及或被置于重要位置的物,一定都是有深意存焉,放过它们便有买椟还珠的嫌疑。

以中外两部作品为例。鲁迅《药》的标题无疑指向治肺痨的人血馒头,但人们读到最后会悟出先行者的热血确系一味良药,没有辛亥烈士的牺牲便不会有后来人的觉醒。罗伯-格列耶《橡皮》中那块三次出现的橡皮,其作用是要读者"擦"去前面情节给自己留下的印象,因为作者在小说中不断用后文推翻前文,刻意营造出一切都无法确定的叙述效果。

在此意义上,如果承认文学即"人学",那么说文学是"物学"也没毛病。不管是我们所处的真实世界,还是叙事中投射出的虚构世界,都不可能没有物的存在,而物的世界是一个有待于解释,意义有待于显现的符号系统。所谓文学批评中的"物转向",就是将聚光灯对准原先处于陪衬地位的物,使其和人一道成为文学研究的主要对象。

点评:文学作品中意义世界的形成,与物叙事(对物的讲述)大有关系。在此意义上,可以理解为什么日本人会把故事称为"物语"。

田婴凭什么能让齐威王对自己言听计从?

《韩非子》中有个"献珥识宠"的故事:田婴向准备立夫人的齐威王献上十对玉珥,其中一对制作得特别精美,接下来的日子里他留意观察后宫诸姬中谁戴上了这对耳环,看准后便向齐王建议立此人为夫人。这一计谋的狡黠之处,在于把那对最美的玉珥变成"王所欲立"的标志——佩戴这对耳环者必定是最受齐王宠爱之人,据此提出迎合上意的建议,必定会增加君王对自己的信任,这便是田婴献珥于王的目的所在。

赵毅衡在《符号学》一书中说:

> 在数量极其庞大的符号中,非物质的符号可能比较少,大多数的符号的确有"物源"(物质性源头),不妨说符号是被认为携带着意义的具体物或具体行为。①

这也就是说,大多数符号都与物有关,与人的涉物行为有关,田婴送给齐威王的玉珥就是这种被刻意设计出来的符号。最精美的玉珥只有一对,田婴借此很容易地识别出齐威王的宠爱所在。

如果说物的在场可以被赋予意义,那么物的缺席也有同

---

① 赵毅衡:《符号学》,南京:南京大学出版社,2012年,第27页。

样的作用。《说苑》中"灭烛摘缨"的故事,说的是有位武将乘筵席上烛光熄灭之机"引美人之衣",不料美人在黑暗中将其冠缨摘掉,然后请求追查这位无缨之人,但宽宏大量的楚庄王却让在场的一百多人都把冠缨摘掉,如此冠缨的阙如便失去其标识功能。不过这位酒后乱性者始终记得自己的失态,他在晋楚之战中奋勇杀敌,用"颈血湔敌"做出了回报,并最终向楚王承认"臣乃夜绝缨者"。

《说苑》故事中美人摘缨是一种对等性的报复——对方既有"引衣"这样的失礼举动,自己便不能不摘其冠缨以为反制。涉及男女情事的叙事中,人们的爱憎好恶常常反映在与物有关的举动上,对于诸如此类的涉物事件,我们在阅读中应保持一定的敏感。

狄更斯《大卫·科波菲尔》中,爱上朵拉的大卫说什么也不肯碰"红胡子"(想象中的情敌)做的色拉,却心心念念要与朵拉的宠物、乐器和手套等建立亲密联系。后来朵拉果然同意让他为自己递送这些物件:"他们要朵拉唱歌。红胡子要去马车上拿琴匣,但是朵拉对他说,除了我(按指大卫)以外,没有人知道琴匣在什么地方。于是红胡子一下子完蛋了;于是我拿琴匣,我开琴匣,我拿出琴来,我坐在她旁边,我拿住她的手巾和手套,我玩味她可爱的声音的每一个字音,她唱给爱她的我听,别人都可以随意喝彩,不过他们都是毫不相干的。"[①]

[①] 狄更斯:《大卫·科波菲尔》,董秋斯译,下册,北京:人民文学出版社,1958年,第564页。

然而艺术气质不能当饭吃，故事中大卫与朵拉婚后家庭生活并不圆满，小说第四十四章"我们的家政"特意写到餐桌上未炖熟的羊腿和揭不开壳的蚝子，以此显示朵拉完全不懂得料理家务。狄更斯像故事中的大卫一样深爱朵拉，他和大卫都不忍心明言她不是个合格的家庭主妇，但我们能从大卫称朵拉为"娃娃夫人"(baby wife)中感受到这层意思。

点评：所谓物能携带意义，其实说的是人能从物中读出意义，更明白地说，这种意义是被人赋予甚至可以是"设计"出来的。

峨眉山能飞走吗?

峨眉山是绍兴古城中一座小小的石山,因其"望之如蛾眉一弯,横黛拖青,浑身空翠",遂有"蛾眉"之美名,但其体量远不能与四川峨眉山相比。绍兴以前临海,古时一片泽国,唯有八九座小岛露出水面,后来随着海岸线的退缩,这些小岛变为陆地上隆起的石山与土丘,峨眉山即为其中之一,再往后这些山丘逐渐消失在不断扩大的城市之中。清光绪版《绍兴府城衢路图》上仍有"蛾眉山"这个名字,但现在此山已难觅踪影,有老人指认其原址在今天的越城区越都商城北侧。

时间回到明末清初的17世纪,那时人们对峨眉山已是只知其名不见其形。张岱在《越山五佚记》中说人们把"蛾眉土谷祠几下一块顽石"称为蛾眉山,这让他觉得不大对头。后来他到友人周孔嘉家,注意到屋后厨庖之下"有石壁丈余,苍蒨逼人",邻家老者告知这就是蛾眉山的山麓。这一奇观令张岱击节赞叹:"此鼎彝青绿,真三代法物也!"后来他搬梯子爬上屋脊亲自观察,发现此山"高丈馀,阔三丈,长数十丈,南至轩亭,北至香橼衕",但山壁下面已为鸡栖、豚栅、灶突和溷厕等所占据。

二十年之后他再来此地,看到历经战乱和灾变,附近的外屋皆已焚毁,但"缘墙一带,仍得无恙",于是感到这是天意"终祕此山,勿使人见"。不过他又为峨眉山被"马浡牛溲"所污秽而感到惋惜:美丽的石山坐落在人烟凑集的城市,却因污物遮蔽而使世人不得一识其奇峦怪石、翠苔苍藓,这是何等令人扼腕叹息的事情。写到这里他想起柳宗元的《囚山赋》和笔记小说中那些"山亡""石走"的故事,于是发出感慨:"山果有灵,焉能久困?东武怪山,有例可援。余为山记,欲脱樊篱,断须飞走。"

"山亡""石走"是不可能的事情,想"飞走"的其实是写作这篇山记的人。张岱擅长借物抒怀,他在这里把柳宗元的《囚山赋》提出来,让我们悟出实际上是借他人酒杯浇自己胸中块垒。柳宗元47年的人生,有14年时间是在贬谪之地度过,写作《囚山赋》时他是把环绕自己的永州群山看作囚徒的牢笼。

张岱早年优游度日,中年遭遇改朝换代的大变故,一度甚至舂炊不继,这种粗糙的生活对一位追求精致生活的文人来说,就像是"苍蒨逼人"的石壁终日与"马浡牛溲"为伍。他希望峨眉山有朝一日能挣脱樊篱飞走,实际上是在宣泄自己潜意识中不甘于流俗的积愤——屈原《远游》中的"悲时俗之迫厄兮,愿轻举而远游",可谓这种心态的写照。

至于为什么选择一座石山来做这种宣泄,原因或在于亲山慕水、厌恶俗世的时代风气。方志远在《"山人"与晚明政局》一文中说,山人其实无时不有,但没有哪一个时代像明代中后期那样成为众多读书人的谋生手段和生存方式,甚至形成一场席卷全国的"山人运动"。①

点评：中国文学有一个以物喻人、以物见人的叙事传统，张岱是物叙事的高手，他用"三代法物"形容峨眉山的石壁，实际上是一种变相的自我揄扬。

---

① 方志远：《"山人"与晚明政局》，《中国社会科学》2010 年第 1 期。

妙玉为什么差点砸掉那只成窑茶杯?

《红楼梦》第四十一回写栊翠庵品茶,书中的叙述皮里阳秋,其真实态度一时难以捉摸。但若从"炫物"角度做出观察,便会发现曹雪芹笔下的妙玉看似清雅高冷,骨子里还是未能免俗,因为茶会上她总在不失时机地显摆自己的拥有:

首先是"炫"泡茶之水——她宣称水是"收的梅花上的雪,共得了那一鬼脸青的花瓮一瓮,总舍不得吃,埋在地下,今年夏天才开了……隔年蠲的雨水那有这样轻浮,如何吃得";

其次是"炫"各色茶具——她给黛玉和宝钗的分别是晋代和宋代的"古玩奇珍",宝玉抱怨她给自己的是件"俗器",她回答说"这是个俗器?不是我说狂话,只怕你家里未必找的出这么一个俗器来呢";

最后是"炫"对己之所有的不屑一顾——那只"成窑五彩泥金小盖钟"因刘姥姥喝过便被她当众盼咐"别收了",还对替"贫婆子"刘姥姥来讨这只杯子的宝玉说:"幸而那杯子是我没吃过的,若是我吃过的,我就砸碎了也不能给他。"成窑杯属明宪宗年间的官窑制品,收藏界认为即便在曹雪芹时代也是价值不菲,因此要把这种杯子砸碎是一种霸气侧漏的语言。

以"毁物"的方式来"炫物"不是妙玉的发明。在《竞争性炫财冬宴中的礼物》一文中,乔治·巴塔耶列举了一些令人诧异的"炫物"行为,他举出的例子包括割破奴隶的喉咙以及杀死高价的狗群等。更令人难以置信的是:

> 西北海岸的印第安人倾向于给他们的村落放火,或者把小船打碎。他们拥有一些纹饰的铜棒,这些铜棒拥有虚幻的价值(依赖于它们的名气和古老程度),有时这些铜棒是相当大的一笔财富。他们将它扔到海里或者打碎它。①

不要简单地嘲笑这类举动的荒谬,今人某些行为与其相比可谓五十步笑百步。例如我们在宴请亲友时总会点菜过多,以不可避免的浪费来显示自己的待客热情,诸如此类的行为也像是把昂贵的铜棒丢到海里。

至此能看出妙玉作为出家人并未根除自己的物欲,她"将前番自己常日吃茶的那只绿玉斗来斟与宝玉"也是一种示好。黛玉或许看出了这一点,所以先就"约着宝钗走了出来"。栊翠庵品茶一节堪称物叙事的范本,妙玉后来落到"欲洁何曾洁,云空未必空"的下场,这些文字中已露出端倪。

妙玉的意欲砸杯以及将自己常用的绿玉斗斟茶给宝玉,原因都在于物上面有自我存在。《桃花扇》中李香君将侯方域的定情诗扇视若拱璧,后来阮大铖要将香君许配他人,香君以头撞墙作为反抗,导致鲜血溅上诗扇,两人的自我就这

---

① 乔治·巴塔耶:《竞争性炫财冬宴中的礼物》,肖丽华译,黄晓武校,载孟悦、罗钢主编:《物质文化读本》,北京:北京大学出版社,2008年,第5页。

样在扇面上实现了交融。《红楼梦》中柳湘莲将家传雌雄宝剑交给尤三姐,也无异于以自我相许,但一次宝玉脱口说出尤氏姐妹是一对"尤物",导致柳湘莲产生误会要求归还宝剑。尤三姐在奉还时以剑自刎,一般认为这是烈女以死明志,但此举也可解释为她以己血染彼剑,用这种形式实现两人自我的结合。

点评:物在人际间的流通,包括授受、分享以及与之相伴随的消费,常常是一种以物为话语符号而进行的言说,这可以说是直接意义上的物叙事。

贾珍如何处置庄头乌进孝送来的年礼?

《红楼梦》第五十三回写庄头乌进孝给贾府送来一份庞大的礼单,其中给人留下深刻印象的是"大鹿三十只,獐子五十只,狍子五十只,暹猪二十个,汤猪二十个,龙猪二十个,野猪二十个",但贾珍看后的反应却是"真真是又教别过年了"。话虽这般说,"白玉为堂金作马"的贾府不可能真的指望着这些东西过年。

打发完乌进孝之后,贾珍立即着手处置这些年礼,以下是人们不大留意的一段叙述:

> 馀者(按指除供祖、家用和送往荣府的之外)派出等例来,一分一分的堆在月台下,命人将族中的子侄唤来与他们……贾珍看着收拾完备供器,靸着鞋,披着猞猁狲大袄,命人在厅柱下石矶上太阳中铺了一个大狼皮褥子,负暄闲看各子弟们来领取年物。

引文内加了重点号的文字,显示这位身披裘衣晒着太阳的贾府族长,此刻是如何享受自己的分配权力。由此我们更能体会炫耀性的消费何以发生——只有在与人分享的过程中,物的价值才会被充分显现出来。小说还写贾芹与族中众人一样前来领物,结果被对其不满的贾珍板着脸训了一顿("你作什么也来了？谁叫你来的"),这一细节说明分享不等于人人有份,分配过程中的羞辱与剥夺也能让人产生快感。

可以与以上文字对读的,是《金瓶梅》第三十六回中的一场授受博弈:路过清河县的蔡蕴送给西门庆"一端绢帕,一部书,一双云履",给人感觉是"秀才人情纸半张";西门庆第二天的回赠则是"金段一端,领绢二端,合香五百,白金一百两",其出手之大方令人咋舌。

过路客与坐地虎相互馈赠的不对等,说明两人在对方身上打的算盘有高下之别:蔡蕴是用微薄的见面礼来"钓鱼"——其目标不过是"十数金"的盘缠资助;而西门庆则是"放长线钓大鱼"——新科状元蔡蕴的政治前途不可限量,况且又是当朝宰相蔡京的"假子",结交这样的官场潜力股必定好处多多。

蔡蕴从这份令自己喜出望外的回赠中读出了西门庆的财富实力,未来的京城权贵与地方豪强就此结成利益同盟,后来他做两淮巡盐御史时果然让西门庆干起了财源滚滚的贩盐行当。此类以金钱编织关系网的物叙事,在《金瓶梅》中不胜枚举,陈独秀曾称《金瓶梅》这方面的书写有"禹鼎铸奸"之功,今人也可把这些内容当作反腐的教材。

人际交往和关系融通等免不了以物为媒,不过授受与分

---

① 《陈独秀答胡适(1917年6月1日)》,载水如编:《陈独秀书信集》,北京:新华出版社,1987年,第166页。

享之类从来都不像看上去那么单纯,而是一种与利益、权力、尊严、情感和信用等相关的符号行为。授受可以是财物与荣耀之类的分享,但有时也可能暗含威胁与羞辱。

居上位者的馈赠中常常包含着强势与压迫,居下位者的奉献中则往往有示弱与臣服的意味。因此可以理解,为什么生活中接受馈赠的一方常常会以更贵重的物品回赠对方。

点评:对物的欲求后面是对身份的欲求,人的社会地位常常可以用物来衡量,罗素·W.贝尔克在《财产与延伸的自我》一文中就说:"我们能够知道我们是谁的唯一途径就是通过观察我们所拥有的"。[1]

---

[1] 罗素·W.贝尔克:《财产与延伸的自我》,吕迎春译,赵晓珊校,载孟悦、罗钢主编:《物质文化读本》,北京:北京大学出版社,2008年,第124页。

《外套》主人公为什么只能叫"巴什马奇金"这个名字？

《外套》主人公叫巴什马奇金，这个名字与俄语中鞋子的发音相近——俄语中"鞋"读作"巴什马克"，果戈理称这个人物"无论如何不能起别的名字"：

> 读者或许会觉得这名字有些古怪，是挖空心思想出来的，但是可以肯定地说，这决不是刻意想出来的，而是客观情势所使然，无论如何不能起别的名字，只能是这么个叫法。①

鞋子和小说的标题"外套"都属服饰范畴，通过"巴什马奇金"这个与服饰有关联的人名，作者成功地混淆了人物与其衣物之间的界限，制造出了"人穿什么就变成什么"（we are what we wear）的滑稽印象。鞋子是踩在脚下被践踏和被忽略之物，巴什马奇金最终也是被人弃之若敝屣，这个名字的发音时时都在暗示人物的命运，因此故事中这个人物想用新外套来改变形象的企图注定不能成功。

知道了这些信息，我们也就懂得了引文中所说的"（这个

---

① 果戈理：《外套》，载《果戈理短篇小说选》，杨衍松译，长沙：湖南文艺出版社，1994年，第345—346页。

人物)无论如何不能起别的名字,只能是这么个叫法"。果戈理善于利用词语的声义相关性做文章,俄罗斯批评家对《外套》的语言风格极为赞赏,可惜不懂俄语的中国读者无缘体会到这一点,说得极端一些,我们从中文译本中读到的还不能说是真正的果戈理。

人名在构成作品的词语中至关紧要,它们不但出现频率高,其读音亦关乎作品题旨。果戈理为此到处搜寻人名:《死魂灵》(第一卷)乞乞科夫的名字就是在一户人家的门口发现的(从前俄国人门口牌子上写着房主人的名字),在酝酿《死魂灵》(第二卷)时,他又从驿站的登记簿上找到贝特里歇夫将军这样的名字,后来他告诉一个朋友说,这个名字使他想起这位将军的侧影和白胡子。

无独有偶,巴尔扎克也曾为人物之名寻寻觅觅。戈日朗在《巴尔扎克怎样给人物取名字》一文中回忆,巴尔扎克应《巴黎杂志》之约写好了一部中篇小说,但他花了六个月时间仍未为人物找到合适的名字,无奈之下只得和戈日朗一道去大街上读店铺招牌。两人在巴黎城里转了二十多条街,研究了两三千个写着店主姓名的招牌,最终在一扇歪歪斜斜的门上发现了一个梦寐以求的名字——"Z.马卡"。

巴尔扎克之所以为巴尔扎克,就是因为他在创作艺术上坚守原则从不苟且,不达目的决不罢休。他对戈日朗说的一番话,与果戈理坚持他的人物"无论如何不能起别的名字"如出一辙:

我必须给他找到一个和他的命运相称的名字才行。这个名字要能说明他这个人,表现他这个人,这个名字能介绍他就像一尊大炮老远地就介绍自己说"我叫大炮";这个名字必须生来就是为他而设的,任何旁的人都不能用。①

在追求人名的声义相符上,巴尔扎克和果戈理的执着达到了一般人很难理解的程度。今人消费小说主要是通过囫囵吞枣般的视读,这种情况下一般不会注意到语音与意义之间的微弱联系。

点评:《红楼梦》中的英莲(即后来的香菱)谐音"应怜",元春、迎春、探春、惜春连起来谐音"原应叹息",这些发音中蕴含了作者对人物命运的同情。

---

① 戈日朗:《巴尔扎克怎样给人物取名字》,王道乾译,载文艺理论译丛编辑委员会编:《文艺理论译丛》(第二册),北京:人民文学出版社,1957年,第148页。

镜像人物意义何在？

与故事主人公同名同貌的叫镜像人物。《红楼梦》中贾宝玉有次对着镜子睡觉，梦见了长得和自己一模一样的甄宝玉，此人也入过"太虚幻境"，也爱在姊妹中玩，甚至也厌恶那些"旧套陈言"的文章。《西游记》中的六耳猕猴"模样儿与大圣无异：也是黄发金箍，火眼金睛"，两个孙悟空在人们叫名字时一道答应，唐僧念紧箍咒他们一同在地下打滚，如此这般搅得天宫不宁地府不安，最后到如来那里才去伪存真。爱伦·坡小说《威廉·威尔逊》中有个假威尔逊，他与主人公不但姓名、外貌和生日相同，甚至穿的衣服也一样，两人面对面打斗时犹如对着镜子看自己。

镜像人物为主人公精神上的倒影。甄宝玉长大后变为贾宝玉不屑为伍的"禄蠹"，这个"禄蠹"最后竟来到贾宝玉面前，现身说法大谈仕途经济。贾宝玉见状方才明白，自己日后也会变成他这种样子，宝钗和袭人正一左一右挟持着自己向他走去。认识到这点后贾宝玉大病一场，病后下定决心借入试场的机会走出名利场。甄宝玉的经历展现了贾宝玉人生另一种可能的发展，贾宝玉若在贾府继续待下去，故事最后就会出现一个与甄宝玉一样庸俗鄙陋的贾宝玉，这与贾宝玉的性格逻辑不合，也是读者无法接受的。高鹗续书的高明之处，在于安排两位宝玉见面后再让贾宝玉出家。

六耳猕猴在故事中起一种严厉的警示作用，他代表着孙悟空万万不可尝试的另一种可能。悟空者，心猿也，所谓"心生种种魔生"，唐僧师徒在遇到六耳猕猴前已生隔阂，有"二心"便引出两只心猿来搅乱乾坤。在某种意义上说，六耳猕猴是孙悟空心中的一念之恶，他身上聚集了孙悟空可能具有的全部私心杂念。第五十八回假悟空的话简直像是真悟空潜意识中的声音："我今熟读了牒文，我自己上西天拜佛求经，送上东土，我独成功，教那南赡部洲人立我为祖，万代传名也！"话又说回来，孙悟空心中即便真有这一念之恶，也会被眼前的反面教员所打消。假悟空打唐僧，偷包袱，烹猴尸，种种无耻作为，正是真悟空所不齿的妖魔行径，这活生生的样板使孙悟空自觉厌弃这条道路。

与甄宝玉和六耳猕猴不同，假威尔逊代表的是主人公威尔逊心中的一念之善，或者说他是一个天良未泯的威尔逊。爱伦·坡采用荒诞手法，从人物心中分离出与恶苦苦缠斗的良心，将其人化为另一个威尔逊，于是人物内心的矛盾外化为两个人物之间的斗争，主人公的道德沉沦以十分形象化的方式展现在读者面前——道高一尺魔高一丈，良心在恶的威逼下节节败退无处遁逃。此说并非没有根据，小说的引言就泄漏了天机："这怎么说呢？冷酷的良心始终阻止我作恶，这怎么说呢？"故事结尾处，代表良心的假威尔逊被主人公一剑刺死，他临终前说的话也印证了这一点："请看看这影子，这正是你的影子,瞧你把自己毁得多彻底啊。"①

点评:内心矛盾可以外化为人物冲突,同名同貌的镜像状态就是暗示两人实为一人——孙悟空最后挥动金箍棒将六耳猕猴一下打死,算是扑灭了自己心上的魔头。

---

① 爱伦·坡:《威廉·威尔逊》,徐汝椿译,载爱伦·坡:《金甲虫:爱伦·坡短篇小说选》,焦菊隐、文楚安等译,桂林:漓江出版社,2019年,第255页。

后记　只有无趣之人，没有无趣之学

问：怎么想到写这么一本书？

答：最直接的启发来自赵毅衡的《趣味符号学》（重庆大学出版社 2015 年版），赵老师一贯把叙事学纳入他那疆域广大的符号学体系之中，我这本小书从这个角度说属于续貂之作。当然，给我灵感的还有更早的趣味数学和趣味化学之类，每个学科似乎都应该有一本趣味读物来做导引。

问：叙事学是一门严肃的学问，为什么要把它与趣味联系起来？

答：我在本书序言中提到，叙事学的武库中确有不少可用于阐释的利器，但要把握和运用它们并不容易，为此需要利用人们的好奇心将其吸引到这门学科的入口,有了兴趣之后再复杂的理论都会逐渐弄懂弄通。

问:能否说得更明白些?

答:还是用具体的例子来说明吧。众所周知掌握一门外语很不容易,但是为什么儿童学习母语又那么顺利呢?这就像许多有育儿经历者所观察到的那样,儿童是在摹仿外部声响(不限于人声)的玩耍戏谑中逐渐学会说话本领的,处在这一过程中的孩子不可能产生自觉的学习意识,其所作所为只能是"发出欢乐的或者仅仅只是奇怪的声音以自娱娱人"。奥托·耶斯佩森在《语言:本质、发展与源起》一书中说:"很有可能的是,语言能力是由这样一种东西发展而来,它除了练习口腔与喉咙里的肌肉以发出欢乐的或者仅仅只是奇怪的声音以自娱娱人之外没有其他目的。"兴趣是最好的老师,有了"自娱娱人"这样的甜头,普天下的儿童基本上都能在母语学习上顺利过关。

对于已经学会说话的成人来说,某些词语的特殊读音同样也能给"口腔与喉咙里的肌肉"带来乐趣。许多成年读者能记住《西游记》第六十二回中鲇鱼精和黑鱼精的名字——奔波儿灞与灞波儿奔,与这两个名字的古怪发音有关:它们除了互为倒读之外,爆破音 b 在其中还有三次出现("奔""波""灞"均以 b 开头),读者在发出这样的声音时心中既感滑稽,唇舌之上又有几分因连续发出三个爆破音而产生的快意。

问:研究叙事也能获得这样的乐趣吗?

答:研究叙事虽无唇舌之上的那种快意,但精神探寻带来的甜头更为浓烈。我对叙事学产生兴趣是在赴多伦多大学访学的20世纪80年代，该校比较文学中心卢波米尔·道勒齐尔教授不但在讲课时经常提到"叙事学"（narratology）这个概念，他还把让人眼前一亮的"可能的世界"（possible world）理论介绍给我们。我就是在那时认识到，叙事作品中"虚构的世界"（fictional world）虽为子虚乌有，对人类来说却有非同一般的意义，因为它是一个在叙事中"实现"了的可能的世界。虚构的世界不仅是人类灵魂嬉戏的场所，还是驰骋想象、寄寓理想、发展创造力的重要所在。人类已实现的重大进展，多半会在虚构的世界里先行"实现"，例如没有嫦娥奔月之类的故事，便不会有后来的人类遨游太空。

更有趣的是，叙事作品中虚构的世界虽在可能的世界之列，博尔赫斯等人却常常挑战性地展示一些光怪陆离、匪夷所思的世界，它们已经相当接近"不可能的世界"（impossible world）了。探寻这样的世界，能使我们从现实羁绊中解脱出来，获得一种心灵上的松弛、释放与满足。即便不从事专门研究，光是读小说或看电影，对许多人来说也是一种精神上的外出旅行，这种旅行可以让人领略到日常生活之外的诸多妙趣。

问：虚构的世界毕竟是想象的产物，它与我们这个真实的世界有什么关系？

答：两个世界之间的关系，并非如许多人想象的那样"井水不犯河水"。人类虽然身在现实生活之中，但每个人心灵深处都还藏有自己魂萦梦绕的故事世界，枯燥乏味的日常生活因为这些世界的存在而增添了情趣。小时候我们喜欢听小红帽和狼外婆的童话,长大后向往贾宝玉与林黛玉所在的大观园,再往后又憧憬陶渊明的桃花源或希尔顿的香格里拉。没有这些可以神游的世界相伴随,我们的人生之旅就有些索然寡味。

无论就个体意义还是就集体意义来说,我们有充分理由为自己的人间存在而感到幸运——可能的世界有无数个,真实的世界只有一个,能够生身为人,感受周围实实在在的一切,这是何等的幸福。然而,"实现"了一种可能,便意味着失去了"实现"其他可能的可能——小说戏文中神仙羡慕凡人,就是因为当了神仙便不能再享受世俗生活的乐趣。已经"实现"了的和那些不能"实现"的相比,实乃一粟之于沧海!

不过,对于不能亲历其他可能的世界之遗憾,人类还是有办法稍事弥补,这就是通过讲故事活动虚构出形形色色的世界。大自然中不是每种花都有各种各样的颜色,然而在虚构的世界中,每种花都可以有任意一种颜色。叙事这种行为之所以发生,固然可以解释为故事讲述人的创作欲和听众的消费欲在起作用,深层原因还在于人类不满足于只拥有一个世界,所以就让一些可能的世界在叙事中获得"实现"。

您可能已经注意到,我说的"实现"分为两种情况:一种是在真实的世界中,另一种是在叙事中。这里必须指出,虚构的世界不仅是在叙事中"实现"了的可能的世界,这样的世界还有可能在现实中获得某种程度的"实现"。这方面最典型的例子,是帕慕克在写出小说《纯真博物馆》之后又在伊斯坦布尔建了一座纯真博物馆,他本人还计划在这座建筑内安度晚年,如此一来,故事讲述人就真的生活在自己创造的世界之中了。

纯真博物馆由小说进入现实,说明精神生产在很多情况下是物质生产的前提,这让我想起济慈说过的一句话:"想象力以为是美而攫取的一定也是真的——不管它以前存在过没有。"在许多人的心目中,真实的世界与虚构的世界之间并没有一道不可逾越的鸿沟,我们时常偷梁换柱,用虚构的世界中的某些构件去支撑真实的世界。陶渊明的桃花源、曹雪芹的大观园和希尔顿的香格里拉,如今都被人们以各种方式复制到现实生活之中。如此看来,虚构的世界是人类生活中一个不可或缺的部分。我们需要叙事,不仅因为它提供给我们各种各样的故事,还因为它让我们看到许多与现实不同的有趣世界。

问:但您总得承认叙事学中还是有许多无趣的东西吧?

答:无趣与有趣是个相对的概念,我们要做的是从无趣中发现有趣,这比机械地区分无趣还是有趣更为重要。

于无趣中寻有趣,就像"于无声处听惊雷"一样,需要特殊的心态和敏锐的感知。举例来说,在不相干的旁人看来,婴儿的排泄和哭闹可能是惹人厌烦的,然而在母亲眼中,孩子的所有表现又是那么有趣和可爱。母亲之所以不会感到厌烦,是因为对自己的孩子怀有天然的爱心。同样的道理,本着欣赏的态度,用带有爱意的目光去观察,我们也会发现叙事中有意思之处在在皆是,本书 101 个条目就是这样产生的，从内容上说它们覆盖了讲故事活动的方方面面。

从这种意义上说，世上只有无趣之人，没有无趣的学问。一个人如果没有好奇心，再好玩的东西也引不起他的兴趣。

好玩就是有意思有味道。"趣"和"味"这两个汉字合在一起，指向的是旨趣、嚼头和味道。在"民以食为天"的古代中国，从"品味"角度谈论文学的做法不绝如缕：《文心雕龙》中有十多处说到"味"，如"清典可味""余味曲包""味深""味之必厌"等；钟嵘《诗品》为古代第一部诗学专著，他从"品味"出发为作品评出等级，认为"有滋味者"居上，"淡乎寡味"者居下；继钟嵘之后，司空图《诗品》对诗中之"味"作了进一步阐发，提出了"味外之味""味外之旨"等更为微妙的概念。这些表述，显示古人认为作品和食品一样是用来"品"的——"品"的汉字不就代表小口小口地享用吗？

问：如此说来，文学消费在古人那里就是对"味"的追寻？

答：对许多人来说是这样。古代中国是"诗国"，所以古人会以诗体作品为"品味"对象。在文学消费变成以叙事作品为主的情况下，我们的"品味"对象应该转移到叙事上来。

"品味"叙事，目的在于揭示叙事中那些有趣之处，但这样做也会反过来暴露笔者个人的品位层次与品鉴能力。本书全部内容尤其是条目的设计，反映出来的都是笔者个人的旨趣，其中不够雅正乃至鄙陋之处，高明的读者寓目后自有明察。袁枚当年写下《随园食单》，是为了将自己的味觉体验分享给天下同好，本书的写作目的与此相似。现在人们评价叙事作品，多半喜欢从创新开拓这样的角度出发，但我觉得趣味也是一个重要标准——讲故事如果言之无味,别人是没有办法听进去的。

　　不过趣味这个东西有时候真说不清楚,国人都知道"鲜"是怎么回事,但我们很难把对"鲜"的体验传达给西方人。不仅如此,张三认为有味道的地方,李四可能觉得味同嚼蜡,因此还是要倡导多数人都认可的纯正趣味。陶渊明在《饮酒·其五》中说"此中有真意,欲辨已忘言",故事讲述人所能创造的最佳效果,就是要让人感觉到其中有"真意"存焉。

　　感谢张冰教授和刘虹编辑为出版本书付出的辛劳,感谢萧惠荣、刘涛两位青年才俊为我提供的帮助。

2021年教师节于江西师范大学青山湖校区